U0136447

文法超簡単I
立即開口說日語

林昱秀 著

打開話題

輕鬆發問

大新書局　印行

前　言

　　從事日語教育 10 多年來，深深體會到初學者在什麼地方會產生困難與挫折感。本書是參考「大家的日本語」之內容順序而將其運用於更生活化，以簡要的文法說明使其重點更容易吸收記住。

　　內容介紹如下：

1）50 音：關於 50 音，要理解並且要記憶的，除了清音的平假、片假各 50 個字（其實真正運用的只有 46 個字）以外，還包括了濁音、拗音、促音及長音等。初學者或許不必馬上全部先記住再學課文，但沒有對這些做一整體性的了解，恐怕學起來較有障礙感，且疑問叢出。所以本書在一開始除了寫的練習外，也對形成與組合做了必要的解說。

2）單字：大致和「大家的日本語」相同，但日文和中文分開。讀者不妨背下日文部分後，再利用中文部分並以其它的紙自我測驗一下。

3）單字練習：此頁是重點式的測驗，答案可參考後面的頁數。

4）例句：以上班族或學生或家庭中可能會運用到的會話為主。

5）文法：將其簡單化、口語化的敘述出。

6）中翻日練習：每課藉由本練習來驗收學習者對該課的理解度，並測驗是否已達到中文與日文的雙邊快速對譯能力。

　　※ 參考：多背例句必能加分

7）助詞：每 3 課一個助詞練習是為了讓學習者更能掌握每個助詞的運用。有許多助詞，因名詞語動詞的不同結合而產生各種不一樣的用法。

8）疑問詞：於第 116 頁收集從第 1 課到第 12 課的內容中，所出現過的疑問詞練習。若能清楚背下這些疑問詞，將更快速地融入普通會話的領域。

9）複習：本冊共設有 2 單元，為 1 ～ 8 課、9 ～ 13 課。而為了幫助記憶，其中有些句型為重複練習。

　　以上為本書的內容介紹與用法參考。若能經由本書陪伴學習者在初學時一起克服各個難關，將是編者最大的榮幸。

　　在此感恩東京青山日本語學校教師養成啓蒙之深切教導，以及日本友人金西泰子小姐專程撥空校稿，而且更要深深地感謝大新書局的鼎力支持，才能順利將此書出版，呈現給愛好日語的每一位讀者。真的感恩無限。

著者敬上

目　錄

第1課 . . . .

1.　〜は〜です　是

2.　〜は〜じゃありません　不是

第2課 . . . .

1.　〜は〜です　是

2.　〜は〜ですか、〜ですか　是〜嗎？還是〜？

3.　この〜は〜　這個〜

第3課 . . . .

1.　ここ、そこ、あそこ　這裡、那裡、那裡

2.　こちら、そちら、あちら　這邊、那邊、那邊

3.　どこ、どちら　哪裡、哪邊

第1〜3課的助詞整理 . . . .

第4課 . . . .

1.　〜に〜ます　在〜時間〜

2.　〜から〜まで〜です　從〜到〜

第5課 . . . .

1.　〜へ移動動詞　往〜去、來、回家

2.　〜で〜へ〜　搭乘〜往〜

3.　〜と〜へ〜　和〜一起住〜

五十音 (T-01)

平仮名　　　　　　　　　　　片仮名

→段（5段）

↓行（10行）

あ	い	う	え	お
か	き	く	け	こ
さ	し	す	せ	そ
た	ち	つ	て	と
な	に	ぬ	ね	の
は	ひ	ふ	へ	ほ
ま	み	む	め	も
や		ゆ		よ
ら	り	る	れ	ろ
わ				を
ん				

ア	イ	ウ	エ	オ
カ	キ	ク	ケ	コ
サ	シ	ス	セ	ソ
タ	チ	ツ	テ	ト
ナ	ニ	ヌ	ネ	ノ
ハ	ヒ	フ	ヘ	ホ
マ	ミ	ム	メ	モ
ヤ		ユ		ヨ
ラ	リ	ル	レ	ロ
ワ				ヲ
ン				

※ 現代用語中只用 46 個字母。

※ 為了容易學習文法，請最慢在 14 課以前記住各行及各段。

一、清音（※有10行。即、あ、か、さ、た、な、は、ま、や、ら、わ）
せいおん

あ行

あ	い	う	え	お

ア	イ	ウ	エ	オ

あ	ア
い	イ
う	ウ
え	エ
お	オ

か行

か	き	く	け	こ
カ	キ	ク	ケ	コ

か	カ
き	キ
く	ク
け	ケ
こ	コ

9

さ行

さ し す せ そ

サ シ ス セ ソ

た行

た	ち	つ	て	と
タ	チ	ツ	テ	ト

た	タ
ち	チ
つ	ツ
て	テ
と	ト

11

な行

な　に　ぬ　ね　の

ナ　ニ　ヌ　ネ　ノ

ナ
ニ
ヌ
ネ
ノ

な
に
ぬ
ね
の

は行

| は | ひ | ふ | へ | ほ |
| は | ひ | ふ | へ | ほ |

| パ | ヒ | フ | ヘ | ホ |

は	ハ
ひ	ヒ
ふ	フ
へ	ヘ
ほ	ホ

ま行

| ま | み | む | め | も |
| マ | ミ | ム | メ | モ |

マ	ミ	ム	メ	モ
ま	み	む	め	も

や行

や

ゆ

よ

ヤ

ユ

ヨ

や	ヤ
ゆ	ユ
よ	ヨ

ら行

ら	り	る	れ	ろ

ラ	リ	ル	レ	ロ

ら	ラ
り	リ
る	ル
れ	レ
ろ	ロ

わ行

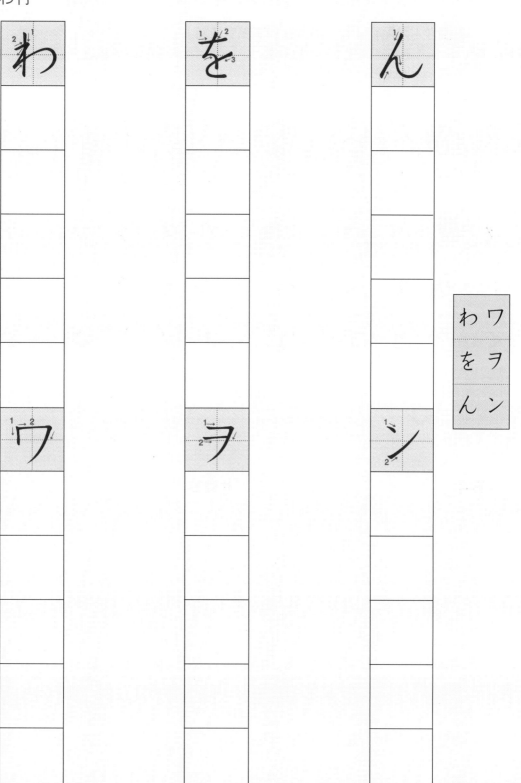

二、濁音、半濁音（濁音來自於清音的か行、さ行、た行、は行）

だくおん　はんだくおん

（※ 濁音＋點點有 4 行，半濁音加圈圈有 1 行）

濁音（※ 點點向右）
だく おん

半濁音
はん だく おん

が	ざ	だ	ば
ぎ	じ	ぢ	び
ぐ	ず	づ	ぶ
げ	ぜ	で	べ
ご	ぞ	ど	ぼ

ぱ
ぴ
ぷ
ぺ
ぽ

ガ	ザ	ダ	バ
ギ	ジ	ヂ	ビ
グ	ズ	ヅ	ブ
ゲ	ゼ	デ	ベ
ゴ	ゾ	ド	ボ

パ
ピ
プ
ペ
ポ

⇓　　　　　　　　⇓

平假名

片假名

三、拗音
ようおん

<平仮名>

い段 → （い） き し ち に ひ み り

+ やゆよ

拗音的清音	きゃ	しゃ	ちゃ	にゃ	ひゃ	みゃ	りゃ
	きゅ	しゅ	ちゅ	にゅ	ひゅ	みゅ	りゅ
	きょ	しょ	ちょ	にょ	ひょ	みょ	りょ

↓ ↓ ↓ ↓

拗音的濁音半濁音	ぎゃ	じゃ	ぢゃ		びゃ	ぴゃ	（半濁音）
	ぎゅ	じゅ	ぢゅ		びゅ	ぴゅ	
	ぎょ	じょ	ぢょ		びょ	ぴょ	

※形成→い段（いきしちにみり）去「い」也就是（きしちにみり）各加上「や、ゆ、よ」必須是縮小字。此外，還有濁音的「ぎ、じ、ぢ、び」半濁音的「ぴ」＋「や、ゆ、よ」

<片仮名>

キャ	シャ	チャ	ニャ	ヒャ	ミャ	リャ
キュ	シュ	チュ	ニュ	ヒュ	ミュ	リュ
キョ	ショ	チョ	ニョ	ヒョ	ミョ	リョ

↓ ↓ ↓ ↓

ギャ	ジャ	ヂャ		ビャ	ピャ	（半濁音）
ギュ	ジュ	ヂュ		ビュ	ピュ	
ギョ	ジョ	ヂョ		ビョ	ピョ	

＜拗音練習＞

平仮名＋片仮名

きしちにひみり　（キシチニヒミリ）

$$+ \begin{array}{l} や \\ ゆ \\ よ \end{array} \begin{pmatrix} ヤ \\ ユ \\ ヨ \end{pmatrix}$$

※請填完下二格

きゃ	キャ	しゃ	シャ	ちゃ	チャ	にゃ	ニャ	ひゃ	ヒャ	みゃ	ミャ	りゃ	リャ
きゅ	キュ												
きょ	キョ												

ぎ　じ　ぢ　び　ぴ　（ギジヂビピ）

$$+ \begin{array}{l} や \\ ゆ \\ よ \end{array} \begin{pmatrix} ヤ \\ ユ \\ ヨ \end{pmatrix}$$

ぎゃ	ギャ	じゃ	ジャ	ぢゃ	ヂャ	びゃ	ビャ	ぴゃ	ピャ
ぎゅ	ギュ								
ぎょ	ギョ								

四、促音
　　　　　　　そくおん

1. **寫法** →把「つ」縮小成「っ」

　　※ 片假名亦同「ツ」→「ッ」

2. **讀法** →停一拍，不發出聲音。

　　例：きっぷ（車票）→唸時「き」唸過後停一拍，再唸「ぷ」

3. **比較大「つ」和小「っ」**

　　はつか（20日）　　はっか（薄荷）

　　　　↓　　　　　　　　　↓

　　　發音　　　　　　不發音（※ 停一拍）

　　※ 發音不同，意思也不同。

五、長音
　　ちょうおん

1. **寫法** → 例「集合」的「集」和「合」的「う」皆爲長音
　　　　　　　　しゅうごう　　　　しゅう　　ごう

2. **讀法** → 要拉長一拍「しゅ」＋「う」。「ご」＋「う」
　　　　即形成「しゅう」、「ごう」各連成一個音。

3. **比較** ・短音　しゅ　と（首都）
　　　　　　　　　　しゅ と

　　　　　・長音　しゅう　ごう（集合）
　　　　　　　　　　しゅうごう

　　※ 長音、短音的不同，意思差很多。

4. 由母音「あ、い、う、え、お」所形成各長音的例。

　　あ → おば<u>あ</u>ちゃん（お婆ちゃん）　祖母
　　　　　　　ばあ

　　い → おじ<u>い</u>ちゃん（お爺ちゃん）　祖父
　　　　　　　じい

　　う → こ<u>う</u>えん　　　（公園）　　　公園
　　　　　こうえん

　　え → おね<u>え</u>さん　　（お姉さん）　姉姉
　　　　　　　ねえ

　　お → こ<u>お</u>り　　　　（氷）　　　　冰
　　　　　こおり

5. 片假名的長音寫法用「ー」表示　例：ジュース（果汁）

　　　　　　　　　　　　　　　　　　　コーヒー（咖啡）

あいさつ ことば T-06

＜打招呼用語＞

1. おはようございます　　　　　　　　早安

2. こんにちは　　　　　　　　　　　　午安

3. こんばんは　　　　　　　　　　　　晚安

4. はじめまして　　　　　　　　　　　初次見面

5. どうぞ　　　　　　　　　　　　　　請

6. よろしく　　　　　　　　　　　　　請多關照

7. こちらこそ　　　　　　　　　　　　彼此彼此

8. すみません（ごめんなさい）　　　　對不起

9. いただきます　　　　　　　　　　　我開動了（我享用了）

10. ごちそうさま　　　　　　　　　　謝謝請我吃飯（我吃飽了）

11. しつれいします　　　　　　　　　失禮了

12. さようなら　　　　　　　　　　　再見

13. ありがとうございます　　　　　　謝謝

14. どうも、どうも　　　　　　　　　謝謝（較不客氣）

15. どういたしまして　　　　　　　　不客氣（哪裡、哪裡）

16. おげんきですか　　　　　　　　　您好嗎

17. おつかれさまでした　　　　　　　您辛苦了

単語（たんご）

1. 私（わたし）	2. 私達（わたしたち）	3. あなた	4. あの人（ひと）
5. 先生（せんせい）	6. 学生（がくせい）	7. 会社員（かいしゃいん）	8. 銀行員（ぎんこういん）
9. 医者（いしゃ）	10. 誰（だれ）	11. どなた	12. おいくつ
13. アメリカ	14. 中国（ちゅうごく）	15. 日本（にほん）	16. あの方（かた）

單字 「請看著以下的中文自我測驗一下」

1. 我	2. 我們	3. 你、妳	4. 他、她、那個人
5. 老師	6. 學生	7. 公司職員	8. 銀行員
9. 醫生	10. 誰	11. 哪一位	12. 幾歲
13. 美國	14. 中國	15. 日本	16. 那一位

年齢（ねんれい）

1歳（いっさい）	2歳（にさい）	3歳（さんさい）	4歳（よんさい）	5歳（ごさい）
6歳（ろくさい）	7歳（ななさい）	8歳（はっさい）	9歳（きゅうさい）	10歳（じゅっさい）
11歳（じゅういっさい）	18歳（じゅうはっさい）	20歳（はたち）	30歳（さんじゅっさい）	40歳（よんじゅっさい）

單字練習

1. (1)　學生　　（①がくせい　②かくせい　③かぐせい）

2. (1)　銀行員　（①ぎんこういん　②ぎんごういん　③きんごういん）

3. (2)　中國　　（①ちゃうごく　②ちゅうごく　③ちょうごく）

4. (3)　誰　　　（①たれ　②だね　③だれ）

5. (2)　老師　　（①せんせえ　②せんせい　③せんせ）

6. (3)　我　　　（①ねたし　②れたし　③わたし）

7. (1)　日本　　（①にほん　②にはん　③こほん）

8. (2)　醫生　　（①いしょ　②いしゃ　③いしゅ）

9. (1)　美國　　（①アメリカ　②アヲリカ　③アタリカ）

10. (3)　幾歳　　（①あいくつ　②おいくす　③おいくつ）

例句

① 失礼ですが、お名前は。
　　しつれい　　　　　　な　まえ

　…→對不起，請問貴姓？

② はじめまして。

　…→初次見面。

③ 私は～です。
　　わたし

　…→我姓～。

④ どうぞ、よろしく、お願いします。
　　　　　　　　　　　　　ねが

　…→請多多指教！拜託！拜託！

⑤ A: 山田さんは銀行員ですか、先生ですか。
　　　　やま だ　　　　ぎんこういん　　　　せんせい

　　…→山田小姐是銀行員？還是老師？

　B: 銀行員です。
　　　ぎんこういん

　　…→是銀行員。

⑥ A: ワンさんは学生ですか、会社員ですか。
　　　　　　　　がくせい　　　　かいしゃいん

　　…→王先生是學生呢？還是上班族？

　B: 学生です。
　　　がくせい

　　…→是學生。

⑦ リーさんはおいくつですか。

　…→李小姐是幾歲呢？

⑧ 田中さんは三越の社員です。
　　た なか　　　　みつこし　しゃいん

　…→田中小姐是三越公司的職員。

文法

1. ~~~は~です。   ~是~

2. ~~~は~ではありません。（じゃありません。）   ~不是~

   は→提示主題（發音和「わ」一樣）

   です→肯定

   ではありません→否定（「では」＝「じゃ」）

3. ~~~は~ですか。   ~是~嗎？

   か→疑問詞

   回答時是→はい　不是 →いいえ

   　例）田中さんは会社員ですか。　　　（田中先生是上班族嗎？）
   　　　　たなか　　　　かいしゃいん

   　　　はい、会社員です。　　　　　（是，是上班族。）
   　　　　　　かいしゃいん

   　　　或

   　　　いいえ、会社員じゃありません。　（不，不是上班族。）
   　　　　　　　かいしゃいん

4. ~~~も~です。   ~也是~。

   も →也是

   用「も」時不能加「は」

   私もは学生です（×）　私も学生です（○）　※もは不能放在一起。
   わたし　　がくせい　　　わたし　がくせい

   例）リーさんは学生です。ワンさんも学生ですか。
   　　　　　　がくせい　　　　　　　　がくせい

   　　（李先生是學生。王先生也是學生嗎）

5. ~~~は~ですか、~ですか。   ~是~或是~？

   ~ですか、~ですか。→選擇式疑問句

6. ~~~さん的用法

   別人的名字或姓後面加「さん」，是表示禮貌可翻成先生、小姐。

   介紹自己的名字時不可加「さん」。

1. 那一位是山田老師嗎？

   あの人は山田老師ですか。

2. 我們是學生。

   私達は学生です。 → 私たちは学生です。

3. 你是上班族嗎？

   あなたは会社員ですか。

4. 李先生是醫生嗎？

   リーさんはお医生さんですか。

5. 對不起，您貴姓？

   すみません、お名前は

6. 初次見面，請多指教。

   はじめまして、どうぞよろしく。

7. 他是美國人嗎？

   あの人はアメリカ人ですか。

8. 李先生不是銀行員。

   リーさんは銀行員じゃありません

9. 對不起，請問您幾歲？

   すみません、おいくちですか。

10. 老師是哪一位？

    先生はどなたですか。

単語
たんご

1. 本 ほん	2. 雑誌 ざっし	3. 新聞 しんぶん	4. ノート
5. 手帳 てちょう	6. 名刺 めいし	7. カード	8. 鉛筆 えんぴつ
9. 時計 とけい	10. 傘 かさ	11. かばん	12. テレビ
13. カメラ	14. 車 くるま	15. 机 つくえ	16. 椅子 いす
17. コーヒー	18. 携帯電話 けいたいでんわ	19. 日本製 にほんせい	20. 世話 せわ

單字 「請看著以下的中文自我測驗一下」

1. 書本、書籍	2. 雜誌	3. 報紙	4. 筆記本
5. 記事本	6. 名片	7. 卡片	8. 鉛筆
9. 手錶	10. 傘	11. 皮包、書包	12. 電視
13. 照相機	14. 汽車	15. 桌子	16. 椅子
17. 咖啡	18. 手機	19. 日本製	20. 照顧

單字練習

1. (2) 書本　　（①はん　②ほん　③ばん）

2. (1) 椅子　　（①いす　②いつ　③いし）

3. (2) 鉛筆　　（①えんひつ　②えんびつ　③えんぴつ）

4. (1) 名片　　（①めいし　②めえし　③めんし）

5. (3) 汽車　　（①くろま　②くるも　③くるま）

6. (3) 記事本　（①てちゃう　②てちゅう　③てちょう）

7. (1) 傘　　　（①かさ　②かき　③がさ）

8. (1) 雑誌　　（①ざっし　②ざっす　③ざっじ）

9. (2) 咖啡　　（①コヒ　②コーヒー　③コーヒ）

10. (1) 電視　　（①テレビ　②テネビ　③テレピ）

11. (1) 筆記本　（①ノート　②ノド　③カード）

12. (2) 照相機　（①カメナ　②カメラ　③ガメラ）

① これは日本の雑誌です。

　…→這是日本的雜誌。

② それは誰の手帳ですか。

　…→那是誰的記事本？

③ あれはアメリカの車ですか。

　…→那是美國的車子嗎？

④ この傘は誰のですか。

　…→這支雨傘是誰的呢？

⑤ 名刺をお願いします。

　…→請給我名片。

⑥ あの先生は英語の先生ですか。

　…→那個老師是英文老師嗎？

⑦ これは私のノートじゃありません。

　…→這不是我的筆記本。

⑧ これはリーさんの携帯電話じゃありません、ワンさんのです。

　…→這不是李小姐的手機、是王小姐的。

⑨ どうもありがとうございます。

　…→非常謝謝。

⑩ これからお世話になります。

　…→今後請多關照。

⑪ こちらこそ、よろしく。

　…→我才要您多照顧。

これ、それ、あれ
この、その、あの

這→こ

那→そ　稍遠（距說話者稍遠，聽話者較近）

那→あ　更遠（距說話者和聽話者皆遠）

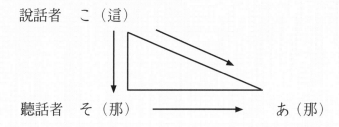

※ これ＋は（以下皆是）　　　※ この（名詞）＋は（以下皆是）

これ→這是　　　　　　　　　この→這個

それ→那是　　　　　　　　　その→那個

あれ→那是　　　　　　　　　あの→那個

例）これは、私の本です。　　このかばんは、誰のですか。
　　　　わたし　ほん　　　　　　　　　　　　　　だれ

　　這是我的書。　　　　　　　這個皮包是誰的。

※ 注意：これ是代名詞，可直接＋は→これは

　　　　　この的意思是這個～　。所以若沒把名詞加上，話就不完整，就不能

　　　　加上は　　例：このは本です。（×）　　これは本です。（○）
　　　　　　　　　　　　　ほん　　　　　　　　　　　　　　　ほん

　　　　　　　　　　この本は私のです。（○）
　　　　　　　　　　ほん　わたし

〜をください　　意思是「請給我」　　※「を」→把

例）新聞をください。　　　　　　請給我報紙。
　　しんぶん

　　此句亦可說成

　　新聞をお願いします。　　　　請給我報紙。
　　しんぶん　ねが

1. 這是誰的雨傘。

   この傘はたれのですか。→

2. 那是李先生的車子嗎？

   あれは りーさんの車 ですか。

3. 這不是我的記事本。

   これは 私の手帳 じゃありません。

4. 請給我鉛筆。

   鉛筆をください。

5. 這是台灣的報紙。

   これは台湾の 新聞です

6. 請給我名片。

   名刺を ください。

7. 今後，請多關照。

   こちらこそ、よろしく

8. 彼此、彼此，我才要您多指教。

   _____

9. 那是你的手機嗎？

   あれは あなたの 携帯電話ですか。

10. 這是日本製的桌子嗎？

   これは日本の机ですか。

第 3 課 (T-13)

単語
たんご

1. 教室 きょうしつ	2. 事務所 じむしょ	3. 会議室 かいぎしつ	4. 受付 うけつけ
5. 部屋 へや	6. お手洗い てあら	7. エレベーター	8. 会社 かいしゃ
9. 家 うち	10. 電話 でんわ	11. デパート	12. 売り場 う　ば
13. パン屋 や	14. 本屋 ほんや	15. ネクタイ	16. 億 おく
17. 出版社 しゅっぱんしゃ	18. 靴 くつ	19. 京都 きょうと	20. 奈良 なら

單字 「請看著以下的中文自我測驗一下」

1. 教室	2. 事務所	3. 會議室	4. 傳達室、接待
5. 房間	6. 洗手間	7. 電梯	8. 公司
9. 家	10. 電話	11. 百貨公司	12. 賣場
13. 麵包店	14. 書店	11. 領帶	16. 億
17. 出版社	18. 鞋子	19. 京都	20. 奈良

金額 「注意發音→ 100. 200. 600. 800. 1000. 8000.」
きんがく

- 1 いち　2 に　3 さん　4 よん　5 ご　6 ろく　7 なな　8 はち　9 きゅう　10 じゅう
- 20 にじゅう　30 さんじゅう　40 よんじゅう　50 ごじゅう　60 ろくじゅう　70 ななじゅう　80 はちじゅう　90 きゅうじゅう
- 100 ひゃく　200 にひゃく　300 さんびゃく　400 よんひゃく　500 ごひゃく　600 ろっぴゃく　700 ななひゃく　800 はっぴゃく　900 きゅうひゃく
- 1000 せん　2000 にせん　3000 さんぜん　4000 よんせん　5000 ごせん　6000 ろくせん　7000 ななせん　8000 はっせん　9000 きゅうせん
- 1万 いちまん　2万 にまん　10万 じゅうまん　100万 ひゃくまん　一億 いちおく

33

1. (　　　) 傳達室　　　（①うけづけ ②うけすけ ③うけつけ）

2. (　　　) 賣場　　　　（①うりば ②くりば ③うりぱ）

3. (　　　) 會議室　　　（①かいぎしつ ②かぎしつ ③かぎしす）

4. (　　　) 書店　　　　（①はんや ②ほんや ③ぼんや）

5. (　　　) 電話　　　　（①でんわ ②でんね ③でんれ）

6. (　　　) 洗手間　　　（①おてあい ②おてあらい ③おてあらえ）

7. (　　　) 教室　　　　（①きょうしつ ②きょうしす ③きゅうしつ）

8. (　　　) 房間　　　　（①えや ②へや ③へせ）

9. (　　　) 百貨公司　　（①エレベーター ②パンや ③デパート）

10. (　　　) 領帶　　　　（①カメラ ②ノート ③ネクタイ）

例句

① ここは教室です。
　…→這裡是教室。

② A: 山田さんはどこですか。
　　…→山田小姐在哪裡？

　　B: 会議室です。
　　…→在會議室。

③ すみません、エレベーターはどちらですか。
　…→對不起，（請問）電梯在哪邊？

④ すみません、靴売り場はどちらですか。
　…→對不起，（請問）賣鞋子的地方在哪邊？

⑤ すみません、コーヒーをください。
　…→對不起，請給我咖啡。

⑥ A: 会社は出版社ですか。
　　…→公司是出版社嗎？

　　B: はい、出版社です。
　　…→是的，是出版社。

⑦ 何の会社ですか。
　…→什麼公司呢？

⑧ A: お家は京都ですか。
　　…→府上在京都嗎？

　　B: いいえ、奈良です。
　　…→不，在奈良。

⑨ このかばんは8800円です。
　…→這皮包8800日圓。

⑩ A: すみません、そのネクタイを見せてください。
　　…→對不起，請給我看那條領帶。

　　B: はい、どうぞ。
　…→好，請看。

1. 場所

ここ 　→ 　這裡

そこ 　→ 　那裡（①稍遠 ②談話者中，有一方不清楚的話題 　※①）

あそこ →　那裡（①更遠 ②談話者雙方都清楚的話題 　※②）

※ ①一方不了解的話題 →そこ

例）A: そこは遠いですか。（那邊很遠嗎？）
　　　　　　とお

　　 B: いいえ、近いです。（不，很近。）
　　　　　　　ちか

＜Bさん所要表示的地方Aさん不清楚。＞

※ ②雙方共同的話題 →あそこ

例）A: あそこはあなたの部屋ですか。(那是你的房間嗎？)
　　　　　　　　　　　へや

　　 B: はい、そうです。（是，是的。）

＜兩個人都知道對方所說的場所。＞

2. 方向

こちら → 　這邊

そちら → 　那邊（①稍遠②談話者中，有一方不清楚的話題，用法與1.場所
　　　　　　　　 相同③電話中彼此稱呼對方 ＜そちらは→你那邊＞）

あちら→ 　那邊（①更遠②談話者雙方都清楚的話題）

※ 一樣用於場所時

＜こちら、そちら、あちら＞比＜ここ、そこ、あそこ＞更禮貌

3. 疑問詞

どこ 　→ 　哪裡

どちら → 　哪邊

4. と和そして的不同

と　　　　→　接名詞　　例）　本と鉛筆。（書和鉛筆。）

そして　→　接句子　　例）　これは本です。そして、これは鉛筆です。

（這是書。然後，這是鉛筆。）

5. 語尾音調的不同

〔そうですか〕↘音調下降，意思是　→　原來如此

〔そうですか〕↗音調上揚，意思是　→　是嗎？我不太相信！

6. 「ね」と「よ」

「ね」→和對方「確認」共同的感受。

「よ」→很有自信的告訴對方所不知道的事物。

例）今日は寒いですね。今天很冷啊！（你說對不對？）
　　　　　　　　　確認

今日は寒いですよ。（告訴你今天很冷喔！）
　　　　　　告訴對方

7. 第1課～第3課こ、そ、あ、ど

	這	那	那	哪
	こ	そ	あ	ど
東西物品	これ	それ	あれ	どれ
連接語（接一名詞）	この	その	あの	どの
方向	こちら	そちら	あちら	どちら
場所	ここ	そこ	あそこ	どこ

8. お的用法

加在「国」→「お国」表示敬語意思為「貴國」。

加在「家」→「お家」表示「府上」。

※ 不能加在「会社」→お会社…（×）

37

1. 對不起！電梯在哪裡？

   _____

2. 這是誰的書？

   _____

3. 什麼樣的公司？

   _____

4. 這個皮包多少錢？

   _____

5. 這個皮包 8800 元。

   _____

6. 你家在台北嗎？

   _____

7. 對不起！請讓我看一下那個領帶。

   _____

8. 這個手機是誰的？

   _____

9. 百貨公司在哪裡？

   _____

10. 會議室在幾樓？

   _____

1. わたし＿＿＿＿＿学生です。
   _{がくせい}

2. おいくつです＿＿＿＿＿。

3. ワンさんは松下＿＿＿＿＿社員です。
   _{まつした}　　　　　_{しゃいん}

4. このかばん＿＿＿＿＿誰のですか。
   _{だれ}

5. あれは日本＿＿＿＿＿車ですか。
   _{にほん}　　　　　_{くるま}

6. すみません、水 ＿＿＿＿＿ください。
   _{みず}

7. 会社＿＿＿＿＿東京ですか。
   _{かいしゃ}　　　_{とうきょう}

8. わたしは会社員です。あなた＿＿＿＿＿会社員ですか。
   _{かいしゃいん}

解答

1. は→主題	5. の→的
2. か→疑問詞（嗎）	6. を→把
3. の→的	7. は→主題
4. は→主題	8. も→也

第 4 課 (T-16)

単語　動詞
たんご　どうし

1. 起きます お	2. 寝ます ね	3. 働きます はたら
4. 休みます やす	5. 勉強します べんきょう	6. 終わります お

名詞
めいし

1. 電話番号 でんわばんごう	2. 郵便局 ゆうびんきょく	3. 今 いま	4. 朝 あさ
5. 昼 ひる	6. 晩 ばん	7. 今日 きょう	8. 昨日 きのう
9. 明日 あした	10. 毎日 まいにち	11. 何時 なんじ	12. 何曜日 なんようび

單字　「請看著以下的中文自我測驗一下」

1. 起床	2. 睡覺	3. 工作
4. 休息	5. 學習	6. 結束

1. 電話號碼	2. 郵局	3. 現在	4. 早上
5. 中午	6. 晚上	7. 今天	8. 昨天
9. 明天	10. 每天	11. 幾點	12. 星期幾

時間　（請注意ぷん和ふん的數字區別）
じかん

ぷん	1 いっ	3 さん	4 よん	6 ろっ	8 はっ	10 じっ
ふん	2 に	5 ご	7 なな	9 きゅう		

時 じ	1時 いちじ	4時 よじ	7時 しちじ	9時 くじ	（※ 不要說成 4時　7時　9時） 　　　　　　　　よんじ　ななじ　きゅうじ
	2時 にじ	3時 さんじ	5時 ごじ	6時 ろくじ	8時　10時　11時　12時 はちじ　じゅうじ　じゅういちじ　じゅうにじ

※ 星期的讀法請參考後面的表

40

單字練習

1. (2) 中午　　（①よる　②ひる　③ひろ）

2. (1) 昨天　　（①きのう　②さのう　③きょう）

3. (2) 毎天　　（①まいこち　②まいにち　③まえにち）

4. (3) 明天　　（①あすた　②あしだ　③あした）

5. (2) 起床　　（①あきます　②おきます　③めきます）

6. (1) 工作　　（①はたらきます　②ほたらきます

　　　　　　　　　③はたらさます）

7. (3) 休息　　（①はすみます　②やつみます　③やすみます）

8. (1) 學習　　（①べんきょう　②ぺんきょう　③へんきょう）

9. (1) 今天　　（①きょう　②きゅう　③きょ）

10. (3) 郵局　　（①ゆうびきょく　②ゆびんきょく

　　　　　　　　　③ゆうびんきょく）

11. (1) 結束　　（①おわります　②おきます　③きまります）

12. (2) 4點　　（①よんじ　②よじ　③よいじ）

13. (3) 7點　　（①ななじ　②なのじ　③しちじ）

14. (1) 9點　　（①くじ　②きゅうじ　③きゆじ）

15. (3) 4分　　（①よふん　②よんふん　③よんぷん）

① A: 今何時ですか。
いまなんじ

　　…→現在是幾點呢？

　B: 今4時です。
いまよじ

　　…→現在4點。

② A: 何時から何時まで休みますか。
なんじ　　なんじ　　やす

　　…→從幾點到幾點休息呢？

　B: １２時から、１時半まで休みます。
じゅうにじ　　　いちじはん　　やす

　　…→從12點到1點半休息。

③ A: 電話番号は何番ですか。
でんわばんごう　なんばん

　　…→電話號碼是幾號？

　B: １２３４－５６７８です。
いちにさんよんの　ごろくななはち

　　…→是 1234-5678。

④ 銀行は何時までですか。
ぎんこう　なんじ

　　…→銀行到幾點呢？

⑤ A: 何時に寝ますか。
なんじ　ね

　　…→你幾點睡覺？

　B: １２時に寝ます。
じゅうにじ　ね

　　…→12點睡覺。

⑥ 何時に起きますか。
なんじ　お

　　…→你幾點起床？

⑦ 昨日、何時まで勉強しましたか。
きのう　なんじ　べんきょう

…→昨天讀到幾點呢？

⑧ 郵便局は何時に終わりますか。
ゆうびんきょく　なんじ　お

…→郵局幾點結束呢？

⑨ A: 毎日働きますか。
まいにちはたら

…→每天工作嗎？

B: いいえ、水曜日は休みです。
すいようび　やす

…→不是，星期三休息。

⑩ それは大変ですね。
たいへん

…→那可真辛苦呢！

⑪ 休みは何曜日ですか。
やす　なんようび

…→休息是星期幾呢？

※ 星期的讀法

日曜日 にちようび	月曜日 げつようび	火曜日 かようび	水曜日 すいようび	木曜日 もくようび	金曜日 きんようび	土曜日 どようび
星期日	星期一	星期二	星期三	星期四	星期五	星期六

1. 名詞句 →只是說明而沒有動作

です。是～。	ではありません。 (じゃ)　　不是～。
でした。是～（了）。	ではありませんでした。 (じゃ)　　　不是～（了）。

2. 動詞句 → 有動作

～ます。要～	～ません。不要～
～ました。～了	～ませんでした。沒有～

3. 助詞

① 「に」 →此課專用於時間的定位，清楚的數字或時間才可用「に」

　　　　　 →可譯成在～（時間）　　　　　※「に」的後面接動詞

例）2003 年に　 1 月に　 月曜日に　 3 時に→都要加上「に」
　　　 ねん　 いちがつ　 げつようび　 さんじ

※ 不清楚的時間概念則不能用「に」

例）今日　 明日　 朝　 晩→都不能加「に」（因為無法精準確定出時間的定點。）
　　　 きょう　 あした　 あさ　 ばん

②「から～まで」→從～到～

4. 「勉強」和「勉強します」的不同　　※ 由名詞形成動詞
　　べんきょう　　　　べんきょう

　　勉強　　　　　　　　→名詞
　　べんきょう

　　勉強＋します（做）→動詞（做學習的動作，即「讀書或學習」）
　　べんきょう

　　例）勉強は 8 時からです。學習是 8 點開始。（只是在說明時間）
　　　　べんきょう　　はち　じ
　　　　名詞

　　　　　　8 時から勉強します。8 點開始要學習。（說明 8 點以後的動作）
　　　　　　はち　じ　　べんきょう
　　　　　　　　　　　　　動詞

5. 「休み」和「休みます」的不同　　※ 由動詞形成名詞
　　やす　　　　やす

　　休み→名詞（由「休みます」去掉「ます」形成的）
　　やす　　　　　　　やす

　　※ 有些動詞可去掉「ます」而形成名詞。

　　例）休みます→休み
　　　　やす　　　　やす

　　　　終わります→終わり
　　　　お　　　　　　お

　・休みは何時からですか。　休息是幾點開始的？
　　やす　　なんじ
　　名詞

　・何時に休みますか。　　　幾點休息呢？
　　なんじ　やす
　　　　　　動詞

　※ 上面的例句用名詞句說或動詞句說皆可，但不是每個動詞都可以改成名詞。

1. 現在幾點？

   _____

2. 今天是星期幾？

   _____

3. 對不起，電話號碼是幾號？

   _____

4. 你幾點睡？

   _____

5. 你幾點起床？

   _____

6. 銀行是幾點到幾點呢？

   _____

7. 郵局是到幾點呢？

   _____

8. 你每天工作嗎？

   _____

9. 星期幾休息呢？

   _____

10. 那，可眞辛苦呢！

   _____

第 5 課 T-19

単語　動詞
たんご　どうし

1. 行きます	2. 来ます	3. 帰ります
い	き	かえ

場所・交通手段
ばしょ　こうつうしゅだん

1. 学校	2. スーパー	3. 駅	4. 飛行機
がっこう		えき	ひこうき
5. 電車	6. 地下鉄	7. 新幹線	8. バス
でんしゃ	ちかてつ	しんかんせん	
9. タクシー	10. 自転車	11. オートバイ	12. バイク
	じてんしゃ		
13. 歩いて			
ある			

人物
じんぶつ

1. 人	2. 友達	3. 彼
ひと	ともだち	かれ
4. 彼女	5. 家族	6. 一人で
かのじょ	かぞく	ひとり

單字 「請看著以下的中文自我測驗一下」

1. 去	2. 來	3. 回家

1. 學校	2. 超級市場	3. 車站	4. 飛機
5. 電車	6. 地下鐵	7. 新幹線	8. 公車
9. 計程車	10. 腳踏車	11. 摩托車（大）	12. 摩托車（小）
13. 用走的			

1. 人	2. 朋友	3. 他、男朋友
4. 她、女朋友	5. 家人	6. 一個人

單字練習

1. (　　　) 學校　　　（①かっこう　②がっこう　③かっごう）

2. (　　　) 車站　　　（①えき　②えさ　③えいき）

3. (　　　) 電車　　　（①てんしゃ　②でんしょ　③でんしゃ）

4. (　　　) 新幹線　　（①しんかんせん　②しんかんせえ　③しかんせん）

5. (　　　) 用走的　　（①あろいて　②おろいて　③あるいて）

6. (　　　) 回家　　　（①かいります　②かせります　③かえります）

7. (　　　) 飛機　　　（①ひこおき　②ひこき　③ひこうき）

8. (　　　) 計程車　　（①ネクタイ　②タクシー　③スーパー）

9. (　　　) 機車　　　（①アメリカ　②デパート　③オートバイ）

10. (　　　) 朋友　　　（①わたしたち　②あなた　③ともだち）

11. (　　　) 家人　　　（①かぞく　②かそく　③かそぐ）

12. (　　　) 去　　　　（①いきます　②きます　③はたらきます）

13. (　　　) 腳踏車　　（①してんしゃ　②じてんしゃ　③じでんしゃ）

14. (　　　) 她　　　　（①かれ　②かのじょ　③ひと）

例句

① 明日どこへ行きますか。
   あした　　　　　い

　…→明天要去哪裡？

② A: 毎日何で会社へ行きますか。
　　　まいにちなん　かいしゃ　い

　　　…→每天搭什麼去公司呢？

　 B: 電車で行きます。
　　　でんしゃ　い

　　　…→搭電車去。

③ 今日誰と教室へ来ましたか。
　　きょう だれ　きょうしつ　き

　…→今天跟誰來教室的呢？

④ A: バスで帰りますか。
　　　　　　かえ

　　　…→搭巴士回家嗎？

　 B: はい、バスで帰ります。
　　　　　　　　　　かえ

　　　…→是的，搭巴士回去。

⑤ 東京から大阪まで新幹線で行きます。
　　とうきょう　おおさか　しんかんせん　い

　…→從東京到大阪搭乘新幹線去。

⑥ A: 今週の日曜日も来ますか。
　　　こんしゅう　にちようび　き

　　　…→這個星期日也來嗎？

　 B: いいえ、来ません。
　　　　　　　　き

　　　…→不，不來。

⑦ A: 歩いて来ましたか、バイクで来ましたか。
　　　ある　き　　　　　　　　　き

　　　…→你是走路來的呢？還是騎機車來的呢？

　 B: バイクで来ました。
　　　　　　　き

　　　…→騎機車來的。

⑧ 昨日何時に家へ帰りましたか。
　きのうなんじ　うち　かえ
　…→你昨天幾點回家的呢？

⑨ ここへ友達と来ましたか、一人で来ましたか。
　　　　ともだち　き　　　　　ひとり　き
　…→跟朋友來這裡的呢？還是一個人來的呢？

⑩ お誕生日はいつですか。
　　たんじょうび
　…→您的生日是什麼時候？

⑪ 何で友達の家へ行きますか。
　なん　ともだち　うち　い
　…→搭乘什麼去朋友的家？

⑫ 昨日、どこも行きませんでした。
　きのう　　　　　い
　…→昨天哪裡也沒去。

文法

1. 方向助詞 「へ」

「へ」為助詞時，發音和「え」一樣。意思→往～去。

※「へも」為全面否定

例）本屋へ行きます。　　　　　（去書店。）
　　ほん や　い

　　どこへも行きません。　　　（哪裡都不去。）
　　　　　い

2. 交通工具＋「で」

手段、道具　　意思→搭乗

例）バスで行きます。（搭公車去。）
　　　　い

※ 歩いて→ 用走的意思，不用再加「で」
　　ある

3. 一人「で」
　　ひとり

此句的「で」→ 範圍，共計的意思。

例）三人で行きます。（共三人去。）
　　さんにん　い

4. 友達「と」
　　ともだち

意思→和

例）友達と行きます。（和朋友去。）
　　ともだち　い

5. 「いつ」 的用法

意思→ 什麼時候。

因為「什麼時候」時間太籠統所以「いつ」後面不可加「に」。

例）いつ、行きますか。
　　　　　い

　　（什麼時候去？）

6. 日にちの読み方 ＜日期的讀法＞
ひ　　　　よ　　かた

月份

一月	二月	三月	四月	五月	六月	七月	八月	九月	十月
いちがつ	にがつ	さんがつ	しがつ	ごがつ	ろくがつ	しちがつ	はちがつ	くがつ	じゅうがつ

十一月	十二月
じゅういちがつ	じゅうにがつ

日期的特別念法

一日	二日	三日	四日	五日	六日	七日	八日	九日	十日
ついたち	ふつか	みっか	よっか	いつか	むいか	なのか	ようか	ここのか	とおか

十四日	二十日	二十四日
じゅうよっか	はつか	にじゅうよっか

其他

十一日	十二日	十三日	十五日	十七日	十八日	十九日
じゅういちにち	じゅうににち	じゅうさんにち	じゅうごにち	じゅうしちにち	じゅうはちにち	じゅうくにち
二十一日	二十二日	二十三日	二十五日	二十六日	二十七日	
にじゅういちにち	にじゅうににち	にじゅうさんにち	にじゅうごにち	にじゅうろくにち	にじゅうしちにち	
二十八日	二十九日	三十日	三十一日			
にじゅうはちにち	にじゅうくにち	さんじゅうにち	さんじゅういちにち			

1. 你明天要去哪裡？

   _____

2. 你明天怎麼去公司？（搭乘什麼去公司）

   _____

3. 什麼時候回家？

   _____

4. 你幾點來的，和朋友一起來的嗎？

   _____

5. 你的生日是什麼時候？

   _____

6. 我今天要和朋友去百貨公司。

   _____

7. 星期日我要回東京。

   _____

8. 要搭乘公車回家嗎？

   _____

9. 每天和誰去學校？

   _____

10. 昨天，我哪裡也沒去。

   _____

第 6 課 T-22

単語　動詞
たんご　どうし

1. 食べます た	2. 飲みます の	3. 吸います す	4. します
5. 見ます み	6. 聞きます き	7. 読みます よ	8. 会います あ
9. 書きます か	10. 買います か	11. 撮ります と	12. わかります

食べ物
た　もの

1. ご飯 はん	2. パン	3. 卵 たまご	4. 豚肉 ぶたにく
5. 魚 さかな	6. 野菜 やさい	7. 果物 くだもの	8. 西瓜 すいか
9. 桃 もも	10. メロン	11. 苺 いちご	12. りんご
13. パイン	14. パパイヤ	15. 葡萄 ぶどう	

飲み物
の　もの

1. 水 みず	2. お茶 ちゃ	3. 紅茶 こうちゃ	4. 牛乳 ぎゅうにゅう	5. ミルク
6. ジュース	7. ビール	8. お酒 さけ	9. 水割 みずわり	

いろいろな言葉
ことば

1. 映画 えいが	2. 手紙 てがみ	3. 写真 しゃしん	4. 店 みせ
5. レストラン	6. 宿題 しゅくだい	7. テニス	8. サッカー
9. 新聞 しんぶん	10. ニュース	11. 朝 あさ	12. 昼 ひる
13. 晩 ばん	14. 時々 ときどき	15. いつも	16. いっしょに
17. ちょっと	18. 外 そと		

單字 「請看著以下的中文自我測驗一下」

1. 吃	2. 喝	3. 吸菸	4. 做
5. 看	6. 聽	7. 閱讀	8. 遇見、碰見
9. 寫	10. 買	11. 拍照、攝影	12. 知道

1. 飯	2. 麵包	3. 雞蛋	4. 豬肉
5. 魚	6. 蔬菜	7. 水果	8. 西瓜
9. 桃子	10. 甜瓜	11. 草莓	12. 蘋果
13. 鳳梨	14. 木瓜	15. 葡萄	

1. 水	2. 茶	3. 紅茶	4. 鮮奶	5. 牛奶（沖泡）
6. 果汁	7. 啤酒	8. 酒	9. 威士忌加水	

1. 電影	2. 信	3. 相片	4. 商店
5. 餐廳	6. 作業	7. 網球	8. 足球
9. 報紙	10. 新聞報導	11. 早上	12. 中午
13. 晚上	14. 有時	15. 總是	16. 一起
17. 一下下	18. 外面		

1. (　　) 水果　　（①くだもの　②くだまの　③くだまろ）

2. (　　) 蔬菜　　（①やさえ　②やさい　③やきい）

3. (　　) 雞蛋　　（①たばこ　②たばご　③たまご）

4. (　　) 遇見　　（①とります　②あいます　③します）

5. (　　) 吃　　（①たべます　②のみます　③すいます）

6. (　　) 懂　　（①わかります　②とります　③します）

7. (　　) 聽　　（①かきます　②いきます　③ききます）

8. (　　) 看　　（①のみます　②みます　③とります）

9. (　　) 吸菸　　（①あいます　②かいます　③すいます）

10. (　　) 做　　（①わかります　②みます　③します）

11. (　　) 魚　　（①さかな　②かさな　③さがな）

12. (　　) 功課　　（①てがみ　②しゃしん　③しゅくだい）

13. (　　) 早上　　（①あさ　②ひる　③ばん）

14. (　　) 總是　　（①いっしょに　②ちょっと　③いつも）

15. (　　) 新聞報導　　（①しんぶん　②ニュース　③テニス）

例句

① A: たばこを吸いますか。
　　…→你抽菸嗎？

　 B: いいえ、吸いません。
　　…→不，不抽。

② A: 毎朝新聞を読みますか。
　　…→每天早上看報紙嗎？

　 B: はい、読みます。
　　…→是，每天看。

③ 毎晩テレビを見ますか。
　…→每天晚上看電視嗎？

④ どこでこの本を買いましたか。
　…→在哪裡買這本書的？

⑤ A: いつもどこで昼ごはんを食べますか。
　　…→總是在哪兒吃午飯？

　 B: 外で食べます。
　　…→在外面吃。

⑥ 名前を書きましたか。
　…→名字寫了嗎？

⑦ いっしょにお茶を飲みませんか。
　…→要不要一起喝杯茶？

⑧ A: いっしょに写真を撮りませんか。
　　…→要不要一起照相？

　　B: はい、撮りましょう。
　　…→好，來照吧！

⑨ A: 日曜日にいっしょに映画を見ませんか。
　　…→星期日要不要一起看電影？

　　B: いいえ、日曜日はちょっと……。
　　…→不，星期天有一點不方便呢！

⑩ どこで日本語を勉強しましたか。
　…→在哪裡學日文的？

⑪ A: 明日、デパートで会いましょう。
　　…→明天在百貨公司見面吧！

　　B: ええ、そうしましょう。
　　…→好，就這麼辦吧！

⑫ 明日、いっしょに宿題をしましょう。
　…→明天一起做功課吧！

文法

1. 助詞「を」

   意思→把 ＜目的語＞

   有時不會直接翻譯出來。

   例）新聞を読みます。（看報。）
   　　しんぶん　　よ

2. 助詞「で」

   此課表「場所」

   意思→在～（做）～

   例）家でテレビを見ます。（在家看電視。）
   　　うち　　　　　み

3. 副詞「いっしょに」

   意思→ 一起

   ※いっしょに～ませんか。　要不要一起～。

   　いっしょに～ましょう。　一起～吧！

4. 名詞＋します

   ※可參考第四課文法。します→做

   「名詞＋します」的名詞必須是動作性名詞。

   例）勉強します。　　　（讀書。）
   　　べんきょう
   　　テニスします。　　（打網球。）

   ※「勉強」和「テニス」皆是帶有動作的名詞，加上します是表示做勉強、
   　　べんきょう　　　　　　　　　　　　　　　　　　　　　　　　　　　べんきょう
   　テニス的動作。

   　若：椅子します。…（×）
   　　　いす

   ※椅子是物品沒帶動作所以不可接します。

   ※若是做椅子必須說成「椅子を作ります。」才對，而此句是製作椅子之意。
   　　　　　　　　　　　　いす　　つく

5. 宿題
   しゅくだい

   「宿題」是功課的意思。做功課一定要說成「宿題をします。」（○）
   　しゅくだい　　　　　　　　　　　　　　　　　　しゅくだい
   而不能說成「宿題を書きます。」（×）因爲功課（尤其是小學）不一定是用寫的。
   　　　　　しゅくだい　か

1. 你抽煙嗎？

   _____

2. 你每天看新聞報導嗎？

   _____

3. 您名字寫好了嗎？

   _____

4. 你總是在哪裡吃午飯呢？

   _____

5. 我看一下電視。

   _____

6. 要不要一起照相。

   _____

7. 你在哪裡學日語？

   _____

8. 明天在百貨公司見吧！

   _____

9. 要不要一起喝啤酒。

   _____

10. 一起做功課吧！

   _____

不用填的請畫「×」

1. 毎日、何時_____起きますか。

2. 会社は何時_____何時までですか。

3. 銀行_____何時に終わりますか。

4. 毎日_____勉強しますか。

5. 昨日12時_____寝ました。

6. 休みは12時から1時半_____です。

7. 明日郵便局_____行きます。

8. 電車_____帰ります。

9. 友達_____来ました。

10. 何_____行きますか。

11. どこ_____行きますか。

12. 誰_____行きますか。

13. デパート_____このかばんを買いました。

14. 6時半_____晩ご飯_____食べます。

15. 会社_____お客さん_____会います。

16. 昨日、田中さん_____いっしょに宿題_____しました。

17. どこ_____写真を撮りますか。

18. 毎晩_____テレビを見ますか。

19. この日曜日_____家へ帰ります。

20. リーさん_____たばこを吸いません。

解答

1. に→時間

2. から→從

3. は→主題

4. ×

5. に→時間

6. まで→到

7. へ→方向（往）

8. で→搭乗

9. と→和

10. で→搭乗

11. へ→方向（往）

12. と→和

13. で→在（動作場所）

14. に→時間　を→把

15. で→在（動作場所）
　　　に→對象　或　と→和

16. と→和　　を→把

17. で→在（動作場所）

18. ×

19. に→時間

20. は→主題

第 7 課 T-25

単語　動詞
たんご　どうし

1. 切ります き	2. 送ります おく	3. 掛けます か	4. 貸します か
5. 借ります か	6. くれます	7. 教えます おし	8. あげます
9. もらいます			

名詞
めいし

1. 弁当 べんとう	2. 箸 はし	3. 鋏 はさみ	4. パソコン
5. ファックス	6. セロテープ	7. 消しゴム け	8. 紙 かみ
9. 花 はな	10. クリスマス	11. シャツ	12. プレゼント
13. 荷物 にもつ	14. お金 かね	15. きっぷ	16. 説明書 せつめいしょ
17. 父－ ちち お父さん とう	18. 母－ はは お母さん かあ	19. 兄－ あに お兄さん にい	20. 姉－ あね お姉さん ねえ

單字　「請看著以下的中文自我測驗一下」

1. 剪、切	2. 寄、送	3. 打電話	4. 借（出）
5. 借（入）	6. 給(自己或家人)	7. 教	8. 給（出去）
9. 得到			

1. 便當	2. 筷子	3. 剪刀	4. 個人電腦
5. 傳眞	6. 透明膠帶	7. 橡皮擦	8. 紙
9. 花	10. 聖誕節	11. 襯衫	12. 禮物
13. 行李	14. 錢	15. 車票	16. 說明書
17. 家父－ 尊稱自己或 他人父親	18. 家母－ 尊稱自己或 他人母親	19. 家兄－ 尊稱自己或 他人哥哥	20. 家姊－ 尊稱自己或 他人姊姊

1. (3) 剪刀　　（①はきみ　②はしみ　③はさみ）

2. (2) 行李　　（①こもつ　②にもつ　③にまつ）

3. (1) 錢　　　（①おかね　②おかれ　③おがね）

4. (1) 姉姉　　（①おねえさん　②おねいさん　③おれいさん）

5. (1) 借出去　（①かします　②かります　③かすます）

6. (2) 教　　　（①おすえます　②おしえます　③おしいます）

7. (3) 給出去　（①もらいます　②くれます　③あげます）

8. (2) 切　　　（①とります　②きります　③おくります）

9. (1) 得到　　（①もらいます　②くれます　③あげます）

10. (2) 借入　　（①かします　②かります　③かきます）

① A: 何で紙を切りますか。
　　　<ruby>なん<rt></rt></ruby> <ruby>かみ<rt></rt></ruby> <ruby>き<rt></rt></ruby>

　　…→用什麼剪紙？

　　B: 鋏で切ります。
　　　<ruby>はさみ<rt></rt></ruby> <ruby>き<rt></rt></ruby>

　　…→用剪刀剪。

② A: 何で説明書を送りますか。
　　　<ruby>なん<rt></rt></ruby> <ruby>せつめいしょ<rt></rt></ruby> <ruby>おく<rt></rt></ruby>

　　…→用什麼寄說明書？

　　B: ファックスで送ります。
　　　<ruby>おく<rt></rt></ruby>

　　…→用傳真寄。

③ A: 誰に電話を掛けますか。
　　　<ruby>だれ<rt></rt></ruby> <ruby>でんわ<rt></rt></ruby> <ruby>か<rt></rt></ruby>

　　…→打電話給誰？

　　B: 友達に掛けます。
　　　<ruby>ともだち<rt></rt></ruby> <ruby>か<rt></rt></ruby>

　　…→打給朋友。

④ A: 誰に車を貸しますか。
　　　<ruby>だれ<rt></rt></ruby> <ruby>くるま<rt></rt></ruby> <ruby>か<rt></rt></ruby>

　　…→車子要借出給誰？

　　B: 友達に貸します。
　　　<ruby>ともだち<rt></rt></ruby> <ruby>か<rt></rt></ruby>

　　…→要借給朋友。

⑤ どこからお金を借りましたか。
　　　<ruby>かね<rt></rt></ruby> <ruby>か<rt></rt></ruby>

　…→從哪裡借到錢的？

⑥ どこで日本語を習いますか。
　　　<ruby>にほんご<rt></rt></ruby> <ruby>なら<rt></rt></ruby>

　…→在哪裡學習日文？

⑦ 誰に中国語を教えますか。
　　だれ　ちゅうごくご　おし

　　…→教誰中文？

⑧ 誕生日に友達にプレゼントをあげますか。
　　たんじょうび　ともだち

　　…→朋友生日的時候給他禮物嗎？

⑨ A: 誰にお弁当をもらいますか。
　　　　だれ　　　べんとう

　　　…→跟誰拿便當呢？

　　B: 王さんにもらいます。
　　　　おう

　　　…→跟王小姐拿。

⑩ これをくれますか。

　　…→這個給我嗎？

文法

1. 助詞「で」

依句型的不同其用法也不同。

第五課→搭乘	（方法）	バスで行きます。	（搭乘巴士去。）
第六課→在～（做）～	（動作場所）	家で食べます。	（在家吃。）
第七課→用～	（方法、手段）	ナイフで切ります。	（用刀子切。）

2. 助詞「に」

第四課→時間	三時に行きます。	（三點去。）
第七課→對象	友達に電話をかけます。	（打電話給朋友。）

3. 助詞「は」

主題	今日は火曜日です。	（今天是星期二。）
動作主	私は行きます。	（我去。）

4. 「借ります」和「貸します」

借ります→借入

貸します→借出

りーさんは王さんにほんを借りました。　※「りーさん」借入

（李先生向王小姐借書。）

　動作主　　對象　　　　　　　　　　　※は→動作主　に→對象

5. あげます　くれます　もらいます

- あげます→　　　①給你　　②給他（給出去）
- くれます→　　　①給我　　②給我家族　　③給和我說話的人

（問第二人稱問題時）

例）田中さん、（あなたの）誕生日に奥さんは何をくれましたか。
（田中先生，你生日的時候你太太給你什麼？）

※ 請注意，此句不能說成：

田中さん、あなたの誕生日に奥さんは何を<u>あげましたか</u>。（×）

・もらいます→①獲得，取得，拿到　②～向～要。

※ 助詞可用對象的「に」或「から」，但公司或團體一定要用「から」。

例）会社から給料をもらいましたか。（從公司領到薪水了嗎？）

此外，

※ 私にもらいます→（×）

此句的意思為「向我取得的」，但因不合日本社會的禮貌語法，所以此句雖然

文法正確，但日本人不太使用。

6. 　父－お父さん

①父→向外人介紹時用

例）父です

　　（這是我父親）

②お父さん－A. 會話時的稱呼（自己家人）

　　　　　　 B. 尊稱別人的父親（令尊）

例）A. お父さん、１０００円ください。

　　（爸爸，給我１千日圓）

　　B. お父さんの会社はどちらですか。

　　（令尊的公司在哪裡？）

1. 你要打電話給誰？

   _____

2. 要用什麼寄說明書？

   _____

3. 要借給誰車子？

   _____

4. 從哪裡借到錢的？

   _____

5. 跟誰學日語？

   _____

6. 生日的時候從誰那裡得到了禮物？

   _____

7. 你要給誰花呢？

   _____

8. 這要給我的嗎？

   _____

9. 你有告訴了誰我的電話號碼嗎？

   _____

10. 這是要用剪刀剪，還是用刀子切呢？

   _____

第 8 課 T-28

単語　い形容詞
たんご　けいようし

1. 大きいー小さい おお　ちい	2. 新しいー古い あたら　ふる	3. 良いー悪い よ　わる
4. 暑いー寒い あつ　さむ	5. 冷たいー熱い つめ　あつ	6. 難しいー易しい むずか　やさ
7. 高いー安い たか　やす	8. 高いー低い たか　ひく	9. 忙しいー暇 いそが　ひま
10. おもしろいーつまらない		11. おいしいーまずい
12. 楽しい たの	13. 白いー黒い、赤い、青い、緑、黄色い しろ　くろ　あか　あお　みどり　き いろ	

な形容詞
けいようし

1. ハンサム	2. 綺麗 き れい	3. 静か しず	4. 賑やか にぎ	5. 便利 べん り
6. 有名 ゆうめい	7. 親切 しんせつ	8. 元気 げん き	9. 暇 ひま	10. 素敵 す てき

名詞
めいし

1. 桜 さくら	2. 山 やま	3. 町 まち	4. 食べ物 た もの	5. 所 ところ	6. 仕事 し ごと

單字　「請看著以下的中文自我測驗一下」

1. 大ー小	2. 新ー舊	3. 好ー不良
4. 熱ー冷（天氣）	5. 冰ー熱	6. 難ー容易
7. 貴ー便宜	8. 高ー矮	9. 忙碌ー空閒
10. 有趣ー無聊	11. 好吃ー不好吃	
12. 愉快	13. 白色的ー黑色、紅、藍、綠、黃色的	

1. 英俊	2. 美麗	3. 安靜	4. 熱鬧	5. 方便
6. 有名	7. 親切	8. 精神	9. 空閒	10. 很好、很棒

1. 櫻花	2. 山	3. 城市	4. 食物	5. 場所	6. 工作

單字練習

1. (　　　) 精神　　（①けんき　②げんき　③げんぎ）

2. (　　　) 親切　　（①しんせつ　②しんせす　③しんせい）

3. (　　　) 有名　　（①ゆうめい　②ゆうめえ　③ようめえ）

4. (　　　) 方便　　（①べんりい　②ぺんりい　③べんり）

5. (　　　) 容易　　（①むずかしい　②やさしい　③いそがしい）

6. (　　　) 貴的　　（①たかい　②やすい　③ひくい）

7. (　　　) 小的　　（①きいろい　②ちいさい　③ふるい）

8. (　　　) 新的　　（①やさしい　②あもしろい　③あたらしい）

9. (　　　) 快樂的　（①たのしい　②おもしろい　③やさしい）

10. (　　　) 不好的　（①ひくい　②わるい　③ふるい）

11. (　　　) 白色的　（①しろい　②くろい　③あおい）

12. (　　　) 困難的　（①あたらしい　②むずかしい　③おもしろい）

13. (　　　) 藍色的　（①あおい　②あかい　③きいろい）

14. (　　　) 好吃的　（①おいしい　②おもしろい　③たのしい）

15. (　　　) 工作　　（①ところ　②すてき　③しごと）

例句

① A: 明日、忙しいですか。
　　　あした　　いそが

　　　…→明天忙嗎？

　B: はい、忙しいです。
　　　　　　いそが

　　　…→是的，忙。

② A: この本は高いですか。
　　　　ほん　たか

　　　…→這本書貴嗎？

　B: いいえ、高くないです。
　　　　　　　たか

　　　…→不，不貴。

③ 台湾料理はとてもおいしいです。
　　たいわんりょうり

　…→台灣料理非常好吃。

④ 日本語は難しいですか。
　　にほんご　むず

　…→日文難嗎？

⑤ あなたの時計は新しいですか。
　　　　　　とけい　あたら

　…→你的手錶是新的嗎？

⑥ 毎日楽しいですか。
　　まいにちたの

　…→每天快樂嗎？

⑦ A: 英語は易しいですか。
　　　えいご　やさ

　　　…→英文容易嗎？

　B: はい、易しいです。
　　　　　　やさ

　　　…→是的，很容易。

⑧ A: このシャツはどうですか。

　　…→這件襯衫怎麼樣？

　 B: きれいですね。

　　…→好漂亮啊！

⑨ この町はとてもにぎやかですね。
　　　まち

　…→這條街非常熱鬧呢！

⑩ A: 京都の桜は綺麗ですね。
　　　きょうと　さくら　きれい

　　…→京都的櫻花很漂亮呢！

　 B: ええ、そうですね。

　　…→是啊，的確。

⑪ このビールはあまり冷たくないですね。
　　　　　　　　　　つめ

　…→這杯啤酒不太冰呢！

⑫ A: どんな雑誌がいいですか。
　　　　ざっし

　　…→怎麼樣的雜誌好呢？

　 B: 料理の雑誌がいいです。
　　　りょうり　ざっし

　　…→料理的雜誌好。

一、形容詞分成

い形容詞（形容詞）

① 加名詞時直接加名詞「新しい→新しい雑誌（新的雑誌）」

可將「い」想成「的」所以不要說成「新しいの雑誌（×）」

② 改否定時→去「い」改成「くない」

「新しい→新しくない（不新的）」

※「いい」的否定爲「よくない（不好的）」。

な形容詞（形容動詞）

① 加上名詞時要加上「な」「元気→元気な人（有精神）」

可將「な」想成「的」。不要說成「元気なの人（×）」

② 改否定時＋じゃありません。

元気→元気じゃありません。（沒有精神。）

※ 和名詞的否定形一樣的語法「薬じゃありません。（不是藥。）」

二、「どんな～」（什麼樣的～）

例）どんな人ですか。　　　（什麼樣的人？）

どんな本ですか。　　　（什麼樣的書？）

・　どんな雑誌がいいですか。

（哪種雑誌好呢？）

※ 助詞が在此句中爲疑問的用法。

・料理の雑誌がいいです。

（料理的雑誌好）

※ 回答時的が爲強調的用法。

74

1. 日語簡單嗎？

   _____

2. 這個星期天，你忙嗎？

   _____

3. 新的工作如何呢？

   _____

4. 太難的日語我不懂。

   _____

5. 舊報紙在哪裡？

   _____

6. 我不去冷的地方。

   _____

7. 這本書很貴嗎？

   _____

8. 每天都很快樂嗎？

   _____

9. 什麼樣的車子好呢？

   _____

10. 那家餐廳如何呢？

    _____

11. 櫻花非常漂亮哦！

    _____

12. 什麼樣的地方好呢？

    _____

1. 對不起，你貴姓？

   _____

2. 初次見面，請多指教？

   _____

3. 對不起，請問你幾歲？

   _____

4. 那是誰的車子？

   _____

5. 對不起，請給我一張名片。

   _____

6. 今後請多指教。

   _____

7. 彼此、彼此，我才要你多指教。

   _____

8. 拜託請給我一下今天的報紙。

   _____

9. 這手機用多少錢買的？

   _____

10. 公司在台北嗎？

    _____

11. 對不起，會議室在幾樓？

    _____

12. 對不起，請讓我看一下那個皮包？

_____

13. 日本的百貨公司是到幾點的呢？

_____

14. 你每天去公司嗎？

_____

15. 那可真辛苦呢！

_____

16. 你生日是什麼時候？

_____

17. 搭公車回家呢？還是搭電車回家呢？（それとも）

_____

18. 昨天我哪兒也沒去？

_____

19. 你幾點來的？

_____

20. 你總是幾點回家呢？

_____

21. 要不要一起照相？

_____

22. 你在哪裡學日語呢？

_____

23. 咖啡如何呢？

_____

24. 車子借給誰了呢？

_____

25. 從哪借到了錢呢？

_____

26. 要向誰領說明書呢？

_____

27. 寫大一點吧！※

_____

28. 把房間整理漂亮一些吧！※

_____

29. 辣的料理你吃嗎？

_____

30. 你好嗎？

_____

※ い形容詞＋動詞時，い形容詞改副詞　大きい→大きく
　　な形容詞＋動詞時，な形容詞改副詞　きれいな→きれいに

第 9 課 T-31

単語　状態動詞
たんご　じょうたいどうし

1. わかります	2. あります

な形容詞
けいようし

1. 好き す	2. 嫌い きら	3. 上手 じょうず	4. 下手 へた

娯楽
ごらく

1. ダンス	2. クラシック	3. ジャズ	4. コンサート
5. カラオケ	6. 音楽 おんがく	7. 歌 うた	8. 演歌 えんか
9. 歌謡曲 かようきょく	10. 歌舞伎 かぶき		

家族
かぞく

1. 夫 おっと	2. 主人 しゅじん	3. ご主人 しゅじん	4. 妻 つま
5. 家内 かない	6. 奥さん おく	7. 子供 こども	

いろいろな言葉
ことば

1. 絵 え	2. 漢字 かんじ	3. 平仮名 ひらがな	4. 片仮名 かたかな
5. ローマ字 じ	6. スポーツ	7. 細かい こま	8. チケット
9. 時間 じかん	10. 用事 ようじ	11. 約束 やくそく	12. 野球 やきゅう

副詞
ふくし

很 { よく→後接動詞　　　　　よく勉強します（很用功）
べんきょう

たいへん→後接形容詞　　たいへん暑いです（很熱）
あつ

たいへん元気です（很好）
げんき

副詞的改法：（い形和な形可改成副詞）

い形→く　　　例) 大きく書きます。（寫大一些）
おお　か

な形→に　　　　静かに書きます。（安靜地寫）
しず　か

單字 「請看著以下的中文自我測驗一下」

1. 懂	2. 有

1. 喜歡	2. 討厭	3. 高明	4. 不行

1. 跳舞	2. 古典音樂	3. 爵士樂	4. 音樂會
5. 卡拉 OK	6. 音樂	7. 歌	8. 演歌
9. 歌謠曲	10. 歌舞伎		

1. 先生	2. 先生	3. 別人的先生	4. 妻子
5. 妻子	6. 別人的太太	7. 小孩	

1. 繪畫	2. 漢字	3. 平假名	4. 片假名
5. 羅馬字	6. 運動	7. 瑣碎的	8. 票
9. 時間	10. 事情	11. 約定	12. 棒球

單字練習

1. (　　) 音樂　　（①おんがく　②あんがく　③おんかく）

2. (　　) 高明　　（①じょうず　②じょうす　③じょうつ）

3. (　　) 棒球　　（①やきゅ　②やきゅう　③やぎゅう）

4. (　　) 事情　　（①ようじ　②ゆうじ　③ゆじ）

5. (　　) 約定　　（①やそく　②やそぐ　③やくそく）

6. (　　) 料理　　（①りゅうり　②りょうり　③りょり）

7. (　　) 片假名　（①かだかな　②ひらがな　③かたかな）

8. (　　) 音樂會　（①ダンス　②コンサート　③ジャズ）

9. (　　) 古典　　（①クラシック　②コンサート　③カラオケ）

10. (　　) 跳舞　　（①ジャズ　②ダンス　③スポーツ）

11. (　　) 先生　　（①しゅじん　②おっと　③つま）

12. (　　) 漢字　　（①ようじ　②かんじ　③じかん）

13. (　　) 票　　　（①スポーツ　②チケット　③コンサート）

14. (　　) 妻子　　（①おくさん　②こども　③かない）

15. (　　) 零錢　　（①こまかいお金　②ちいさいお金　③やすいお金）

① A: 海鮮料理が好きですか。
かいせんりょうり　す

　　…→喜歡海鮮料理嗎？

　 B: はい、好きです。
す

　　…→是，喜歡。

② どんなスポーツが上手（得意）ですか。
じょうず　とくい

　…→對什麼運動最拿手？

③ A: 日本語がだいたいわかりますか。
にほん　ご

　　…→大概懂日文嗎？

　 B: はい、少しわかります。
すこ

　　…→是，懂一些。

④ A: すみませんが、細かいお金がありますか。
こま　　かね

　　…→對不起，有零錢嗎？

　 B: いくらですか。

　　…→多少錢？

⑤ 私はダンスが全然だめ（下手）です。
わたし　　　ぜんぜん　　　へた

　…→我完全不會跳舞。

⑥ A: どんな果物が好きですか。
くだもの　す

　　…→喜歡什麼水果？

　 B: りんごが好きです。
す

　　…→喜歡蘋果。

⑦ A: 英語は大丈夫ですか。
えいご　だいじょうぶ

　　…→英文沒有問題吧？

　 B: いいえ、大丈夫じゃありません。
だいじょうぶ

　　…→不，有問題。

⑧ 今週の日曜日に約束がありますか。
こんしゅう　にちようび　やくそく
…→這星期日有約嗎？

⑨ コンサートのチケットがありますから、いっしょに行きませんか。
い
…→因爲我有音樂會的票，要不要一起去呢？

⑩ 少しお酒を飲みませんか。
さけ　の
…→要不要喝一點酒？

⑪ 歌が下手ですから、あまりカラオケへ行きません。
うた　へた　い
…→因爲歌唱的不好，所以不太去卡拉OK。

⑫ A: よく音楽を聞きますか。
おんがく　き
…→常聽音樂嗎？

B: いいえ、あまり聞きません。忙しいですから。
き　いそが
…→不，不太聽。因爲很忙。

1. 助詞「が」

「が」為對喜好、拿手、得意、了解、有無、等之講法做重點式的說明。

　　　～が好きです　　　　　〔動作主／主要人物對～喜歡〕

　　　～が嫌いです　　　　　〔動作主／主要人物對～不喜歡〕

　　　～が上手です　　　　　〔動作主／主要人物對～很拿手、技術良好〕

　　　～が下手です　　　　　〔動作主／主要人物對～表現不佳〕

　　　～がわかります　　　　〔動作主／主要人物對～了解〕

　　　～があります　　　　　〔動作主／主要人物擁有～〕

※例）私は日本語が好きです。　「は」為動作主／主題人物

　　　　　　　　　　　　　　　　　　「が」為對日語喜歡的心態說明。

　　　　　　　　　　　　　　　　　　　　強調其喜歡的對象物

2. 助詞「は」

注意：本單元句型中的助詞主要皆為「が」、但這些句型中若將「が」說成「は」
則是對比的用法。

例）私は日本語は好きです。　　※「は」為對比的用法
　　　主題　　　對比

即：私は日本語は好きですが、英語はあまり好きじゃありません。
　　　①　　　　②　　　　　　　②
　（我喜歡日文，可是不喜歡英文。）

私はうどんは食べますが、ラーメンは食べません。
　　①　　　②　　　　　　　　　②
　（我吃烏龍麵，但是我不吃拉麵。）

※ 對比→相對性的意思，意境是一個是這樣，而另一個是那樣。

上二例的線①為主題或動作主。

線②為對比的用法。（一個好、一個不好之類的）

3. から的用法 ※ 分為 A、B 兩種

A. 名詞＋から→從～ （第 4 課）

B. 「から」的意思為「因為～所以」的各種用法

1) 名詞 或な形＋ですから

雨ですから。因為雨天。
あめ

有名ですから。因為有名。
ゆうめい

2) い形＋から或ですから皆可

暑いから。 暑いですから。 因為很熱。
あつ　　　　あつ

↓

（較有禮貌）

3) 動詞（ます、ました、ません、ませんでした＋から）

行きますから。因為要去。
い

4. 副詞

1) よく（很） 接動詞

2) たいへん（很）接形容詞

3) 少し（一點點）接動詞、形容詞
すこ

4) だいたい（大概）接動詞、形容詞

5) 全然（完全） 接動詞、形容詞（後句否定較多）
ぜんぜん

6) あまり（不太）接動詞、形容詞

・動詞→あまり～ません

・い形→あまり～くないです・な形→あまり～じゃありません。

5. 「は」和「が」

先有問句 　　　　　 誰が飲みますか。
　　　　　　　　　　だれ　　　の

回答時才能說 　　　 田中さんが飲みます。
　　　　　　　　　　たなか　　　の

圖解 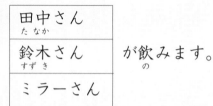 が飲みます。
　　　　　　　　　　　　　　　　　の

※ 很多人當中，是誰？的問與答。→ が

_____。 _____。 _____

問句是 　 田中さんは何をしますか。
　　　　　 たなか　　　　なに

答句時 　 田中さんは飲みます。
　　　　　 たなか　　　　の

圖解 　 田中さんは 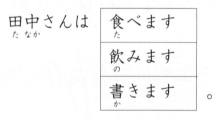 。
　　　　　 たなか

※ 以田中さん為主題（或動作主），說明他的動作。

　 列出主題或動作主後，再做說明→は

1. 你喜歡喝酒嗎？

_____

2. 喜歡什麼樣的運動？

_____

3. 你懂英語嗎？

_____

4. 畫畫你拿手嗎？

_____

5. 我很不會唱歌。

_____

6. 你有零錢嗎？

_____

7. 我完全不懂法文。

_____

8. 每天早上看報紙嗎？

_____

9. 每天早上因為沒有時間，所以沒有看報。

_____

10. 你昨天為什麼趕快回去了？

_____

11. 今天因為有事，所以要趕快回去。

_____

12. 下星期五的晚上我和朋友有約。

_____

13. 我懂一點點日文。

_____

14. 最近因為比較忙，哪兒也不去。

_____

15. 你有車嗎？

_____

16. 你喜歡吃泰國菜嗎？

_____

17. 你喜歡旅行嗎？

_____

18. 我不太喜歡啤酒。

_____

19. 我喜歡看電影，但不太看，因為沒有時間。

_____

20. 這是一本怎麼樣的書？

_____

21. 有沒有舊報紙？

_____

22. 我喜歡安靜的地方。

_____

不用填的請畫「×」

1. 鋏＿＿＿＿＿紙を切ります。

2. 昨日、鈴木さん＿＿＿＿＿電話＿＿＿＿＿掛けました。

3. 会社＿＿＿＿＿お金をもらいました。

4. どこ＿＿＿＿＿英語を教えますか。

5. このプレゼント＿＿＿＿＿誰＿＿＿＿＿あげますか。

6. ファックス＿＿＿＿＿説明書を送ります。

7. 友達＿＿＿＿＿車＿＿＿＿＿借りました。

8. 誕生日＿＿＿＿＿ケーキを食べましたか。

9. 日本料理＿＿＿＿＿おいしいです。

10. 毎日＿＿＿＿＿忙しいですか。

11. どんな動物＿＿＿＿＿好きですか。

12. 田中さんはテニス＿＿＿＿＿上手ですね。

13. 車＿＿＿＿＿ありますか。

14. 日本の音楽＿＿＿＿＿聞きますか。

15. 私は日本語＿＿＿＿＿少しわかります。

16. ダンス＿＿＿＿＿好きですか。

17. 私は歌＿＿＿＿＿下手ですから、あまり歌いません。

18. 仕事は忙しいです＿＿＿＿＿、おもしろいです。

19. この雑誌＿＿＿＿＿いいですか。

20. 大学＿＿＿＿＿何＿＿＿＿＿習いましたか。

1. で→用

2. に→對象　を→把

3. から→從

   或で→在（動作場所）

4. で→在（動作場所）

5. を→把　に→對象

6. で→用

7. に 或 から→對象　を→把

8. に→時間

9. は→主題

10. ×

11. が→喜歡之對象物

12. が→拿手之對象物

13. が→強調「有」

14.「を」→把

15. が→懂的對象物

16. が→喜歡之對象物

17. が→不拿手之對象物

18. が→可是（語尾的 が 為逆接的用法）

19. は→主題。若用「が」→強調

20. で→場所　を→把

単語　状態動詞	
1. います	2. あります

人

1. 男の人	2. 女の人	3. 男の子	4. 女の子

場所

1. ポスト	2. ビル	3. 公園	4. 喫茶店
5. 乗り場	6. バス停	7. ターミナル	8. コンビニ

場所

1. 県	2. 上	3. 下	4. 前
5. 後	6. 右	7. 左	8. 中
9. 外	10. 隣	11. 近く	12. 間

いろいろな言葉

1. フィルム	2. 電池	3. 箱	4. スイッチ	5. 冷蔵庫
6. テーブル	7. ベッド	8. 棚	9. ドア	10. 窓
11. 物	12. 犬	13. 猫	14. 木	15. いろいろ

1. 有、在（有生命的存在）	2. 有、在（無生命的存在）

1. 男子	2. 女子	3. 男孩	4. 女孩

1. 信箱、郵筒	2. 大廈、大樓	3. 公園	4. 咖啡館
5. 搭～場所	6. 公車站	7. 公車終站	8. 便利商店

1. 縣	2. 上面	3. 下面	4. 前面
5. 後面	6. 右邊	7. 左邊	8. 中間、裡面
9. 外面	10. 旁邊、隔壁	11. 附近	12. 之間

1. 底片	2. 電池	3. 盒子	4. 開關	5. 冰箱
6. 餐桌	7. 床	8. 架子	9. 門	10. 窗戶
11. ～東西	12. 狗	13. 貓	14. 樹、木頭	15. 各式各樣

1. (　　) 咖啡館　（①きさてん　②きっさてん　③きっさでん）

2. (　　) 公園　（①こんえん　②こんえ　③こうえん）

3. (　　) 後面　（①うしろ　②となり　③あいだ）

4. (　　) 外面　（①なか　②そと　③うえ）

5. (　　) 左邊　（①ひだり　②ふだり　③となり）

6. (　　) 下面　（①うえ　②した　③みぎ）

7. (　　) 前面　（①うえ　②まえ　③した）

8. (　　) 附近　（①ちかく　②ちがく　③つかく）

9. (　　) 信箱　（①テーブル　②コンビニ　③ポスト）

10. (　　) 便利商店　（①コンビニ　②フィルム　③スイッチ）

11. (　　) 狗　（①ねこ　②いぬ　③とら）

12. (　　) 男子　（①おとこのこ　②おとこのひと　③おんなのひと）

13. (　　) 隔壁　（①あいだ　②ちかく　③となり）

14. (　　) 窗戶　（①まど　②みぎ　③なか）

15. (　　) 有（人）　（①あります　②います　③いきます）

① A: 事務所に誰がいますか。
じむしょ　だれ

　　　…→辦公室裡有誰？

　 B: 田中さんがいます。
たなか

　　　…→田中先生在。

② 先生はどこにいますか。
せんせい

　　…→老師在哪裡？

③ A: 日本のディズニーランドはどこにありますか。
にほん

　　　…→日本的迪士尼樂園在哪裡？

　 B: 東京の近くの千葉県にあります。
とうきょう　ちか　　　ち ばけん

　　　…→在東京附近的千葉縣。

④ この近くにコンビニがありますか。
ちか

　　…→這附近有便利商店嗎？

⑤ 三越デパートの上にレストランがありますか。
みつこし　　　　　　うえ

　　…→三越百貨公司的上面有西餐廳嗎？

⑥ A: 会社の下に銀行がありますか。
かいしゃ　した　ぎんこう

　　　…→公司樓下有銀行嗎？

　 B: はい、あります。

　　　…→是，有。

⑦ 駅の前にタクシー乗り場がありますか。
えき まえ の ば

    …→車站前面有計程車的招呼站嗎？

⑧ ビルの中に食堂がありますか。
なか しょくどう

    …→大廈中有食堂嗎？

⑨ 古い新聞はどこにありますか。
ふる しんぶん

    …→舊報紙在哪裡？

⑩ お手洗いはエレベーターの右です。
てあら みぎ

    …→洗手間在電梯的右邊。

⑪ ビルとビルの間に公園があります。
あいだ こうえん

    …→大廈與大廈之間有公園。

⑫ あなたの隣に誰がいますか。
となり だれ

    …→你的旁邊有誰？

文法

1. 助詞「に」

   助詞「に」在場所是表示「存在」的意思即「在～有」

   例）教室に学生がいます。　　　　　　　　（在教室裡有學生。）
   　　教室にコンピューターがあります。（在教室裡有電腦。）

2. 動詞「います／あります」

   います→表有生命體（人、動物等）

   あります→表無生命體（東西）

   ※植物雖然有生命，但是，是用「あります」來表示。

   例）あそこに木があります。　　　　　　　（在那裡有樹。）

3. 主要句型

   ①～に～があります。　在～有～　→在（場所）有（東西）

   ②～は～にあります。　～是在～　→（東西）是在（場所）

   而疑問句為：

   ①どこにコンピューターがありますか。　（在哪裡有電腦？）

   ②コンピューターはどこにありますか。　（電腦是在哪裡？）

   ※特別注意場所的助詞，に、で都是翻譯成「在」

   に→　在～有（存在的場所）　　　　教室にいます。（在教室。）
   　　　　　　　　　　　　　　　　　　　　　　　在

而其所用到的動詞大致為＜います或あります＞

　　で→　在～做（動作的場所）　　　教室で勉強します。（在教室讀書。）
　　　　　　　　　　　　　　　　　　　　　　　　在

96

1. 那個箱子裡有什麼？

   _____

2. 老闆在哪裡？

   _____

3. 車站前面有銀行嗎？

   _____

4. 這附近有郵局嗎？

   _____

5. 你家附近有公園嗎？

   _____

6. 咖啡館的隔壁是什麼店？

   _____

7. 冰箱上面有東西嗎？

   _____

8. 電視機上面的照片是誰呢？

   _____

9. 搭乘計程車的地方在哪裡？

   _____

10. 在車站有各式各樣的人。

   _____

11. 書店在哪裡？

_____

12. 辦公室的下面就是藥店。

_____

13. 冰箱裡面什麼都沒有。

_____

14. 我家隔壁有很好吃的麵包店。

_____

15. 這班有幾人？

_____

16. 花店就在銀行和超市的中間。

_____

第 11 課 (T-37)

単語　物の数え方
たんご　もの　かぞ　かた

1. 一つ ひと	2. 二つ ふた	3. 三つ みっ	4. 四つ よっ	5. 五つ いつ	6. 六つ むっ
7. 七つ なな	8. 八つ やっ	9. 九つ ここの	10. 十 とお	11. 十一個 じゅういっこ	12. いくつ

人の数え方
ひと　かぞ　かた

1. 一人 ひとり	2. 二人 ふたり	3. 三人 さんにん	4. 四人 よにん	5. 五人 ごにん	6. 六人 ろくにん

いろいろな数え方
かぞ　かた

1. シャツ、紙→枚 かみ　まい	2. テレビ、車など→台 くるま　だい
3. 本、雑誌→冊 ほん　ざっし　さつ	4. 服（ワンピース）→着 ふく　ちゃく
5. 靴、靴下→足 くつ　くつした　そく	6. ビル→階、階 かい　がい
7. 家→軒 いえ　けん	8. 鉛筆、瓶→本、本、本 えんぴつ　びん　ほん　ぼん　ぽん
9. コーヒー、ジュース→杯、杯、杯 はい　ばい　ぱい	
10. 猫、魚→匹、匹、匹 ねこ　さかな　ひき　びき　ぴき	

家族の言い方
か　いかた

1. 両親 りょうしん	2. 兄弟 きょうだい	3. 兄→お兄さん あに　にい	4. 姉→お姉さん あね　ねえ
5. 弟→弟さん おとうと　おとうと	6. 妹→妹さん いもうと　いもうと	7. 子ども→お子さん こ　こ	

いろいろな言葉
ことば

1. 切手 きって	2. はがき（ハガキ）	3. 封筒 ふうとう	4. 速達 そくたつ	5. 書留 かきとめ
6. エアメール（航空便） こうくうびん		7. 船便 ふなびん	8. 外国 がいこく	9. 全部で ぜんぶ

1. 一個	2. 二個	3. 三個	4. 四個	5. 五個	6. 六個
7. 七個	8. 八個	9. 九個	10. 十個	11. 十一個	12. 幾個

1. 一個人	2. 二個人	3. 三個人
4. 四個人	5. 五個人	6. 六個人

1. 襯衫、紙→ 件、張	2. 電視、車子等→ 台
3. 書、雜誌→ 冊	4. 衣服（洋裝）→ 件、套
5. 鞋、襪子→ 雙	6. 大樓→ 樓
7. 家、房子→ 間	8. 鉛筆、瓶子→ 支
9. 咖啡、果汁→ 杯	
10. 貓、狗→ 隻	

1. 雙親	2. 兄弟姊妹	3. 哥哥－令兄	4. 姐姐－令姐
5. 弟弟－令弟	6. 妹妹－令妹	7. 小孩－他人小孩	

1. 郵票	2. 明信片	3. 信封	4. 限時信	5. 掛號信
6. 航空、郵件	7. 船運	8. 外國	9. 一共	

1. (　　) 雙親　　　（①りょうしん　②りゅうしん　③りょうし）

2. (　　) 郵票　　　（①きって　②きつて　③きて）

3. (　　) 船運　　　（①ふねびん　②ふねべん　③ふなびん）

4. (　　) 兄弟姉妹　（①きゅだい　②きょうたい　③きょうだい）

5. (　　) 掛號信　　（①ふうとう　②そくたつ　③かきとめ）

6. (　　) 外國　　　（①かいごく　②がいこく　③がいごく）

7. (　　) 8個　　　（①むっつ　②いっつ　③やっつ）

8. (　　) 2個人　　（①ひとり　②ひだり　③ふたり）

9. (　　) 3樓　　　（①さんかい　②さんがい　③さんがえ）

10. (　　) 4個人　　（①よんじん　②よんにん　③よにん）

11. (　　) 幾樓　　　（①なんかい　②なんがい　③なんけん）

12. (　　) 幾本　　　（①なんさつ　②なんまい　③なんだい）

13. (　　) 幾雙　　　（①なんちゃく　②なんびき　③なんそく）

14. (　　) 一共　　　（①ぜんぶ　②ぜんぶで　③ぜんぶと）

15. (　　) 令妹　　　（①いもうとさん　②おとうとさん　③おこさん）

① 弁当をいくつ買いますか。
べんとう　　　　　　か

　　…→要買幾個便當呢？

② ビールを何本飲みましたか。
　　　　　なんぼん の

　　…→喝了幾瓶的啤酒？

③ お家に猫が何匹いますか。
　　うち　ねこ　なんびき

　　…→你家有多少隻貓？

④ このビルは何階ありますか。
　　　　　　　なんがい

　　…→這大廈有幾層樓？

⑤ 昨日、コーヒーを何杯飲みましたか。
　きのう　　　　　　　なんばい の

　　…→昨天喝了幾杯的咖啡？

⑥ この中に教室がいくつありますか。
　　　なか　きょうしつ

　　…→這裡有幾間教室？

⑦ 週に何回映画を見ますか。
　しゅう　なんかいえい が　み

　　…→一星期看幾次電影？

⑧ 年に何回旅行をしますか。
　ねん　なんかいりょこう

　　…→一年旅行幾次？

⑨ もうどのくらい日本語を勉強しましたか。
　　　　　　　　にほん ご　　べんきょう

　　…→已經學習多久的日文？

⑩ 手紙を送ります。日本まで何日かかりますか。それから、いくら
　て がみ おく　　　にほん　　なんにち

　　ぐらいかかりますか。

　　…→我要寄信。 到日本要幾天？然後，大概要多少錢呢？

⑪ 台北から、台南まで、電車でどのくらいかかりますか。
　タイペイ　　　たいなん　　でんしゃ

　　…→從台北到台南坐電車要花多久的時間。

⑫ 航空便がいいですか。船便がいいですか。
こうくうびん　　　　　　　　　　ふなびん

　　…→要寄空運還是海運？

⑬ A: 日本にどのくらいいましたか。
にほん

　　　…→在日本多久了？

　B: 5年ぐらいいました。
ねん

　　　…→住了5年。

⑭ このクラスは何人ですか。
なんにん

　…→這班有幾人？

⑮ ご家族は何人ですか。
か ぞく　　なんにん

　…→您府上有多少人？

⑯ 一週間に何回日本語を習いますか。
いっしゅうかん　なんかい にほん ご　　なら

　…→一星期學幾次日文？

⑰ 毎日何時間ぐらい働きますか。
まいにちなん じ かん　　　　 はたら

　…→每天大概工作幾個小時呢？

⑱ この荷物は速達でいくらですか。
に もつ　そくたつ

　…→這行李用限時寄要多少？

⑲ A: ご兄弟は何人ですか。
きょうだい　なんにん

　　　…→您有幾位兄弟姊妹？

　B: 私を入れて4人です。
わたし　い　　　　　にん

　　　…→把我加進去4個人。

⑳ お子さんは何人いますか。
こ　　　　なんにん

　　…→你有幾個小孩？

文法

1. 助數詞

   助數詞（即量詞）與動詞之間不加助詞。<u>量詞直接加動詞。</u>

   例）りんご二つを買いました。→（×）
   <small>ふた　　か</small>

   　　りんごを二つ買いました。→（○）※特別注意助詞的位置
   <small>　　　　ふた　か</small>

   　　（買了兩個蘋果。）

2. 助詞「に」

   「に」爲一段期間之「比例」用法。

   　　　一週間に（週に）一週當中
   <small>いっしゅうかん　　しゅう</small>

   　　　一ヶ月に（月に）一個月當中
   <small>いっ　か　げつ　　つき</small>

   　　　一年に（年に）一年當中
   <small>いちねん　　ねん</small>

3. 房子和房間的量詞

   房子→軒
   <small>けん</small>

   例）家は何軒ありますか。
   <small>いえ　なんげん</small>

   　　（有幾間房子）

   房間或教室→一つ、二つ……
   <small>ひと　　ふた</small>

   例）部屋はいくつありますか。
   <small>へや</small>

   　　（有幾間房間）

1. 你學了多久的日語？

_____

2. 你家有多少人？

_____

3. 你家有貓嗎？

_____

4. 有幾間教室呢？

_____

5. 一年去幾次旅行呢？

_____

6. 用航空寄到日本要幾天呢？

_____

7. 從台北搭乘電車到台南要幾小時？

_____

8. 你家有幾台電腦呢？

_____

9. 你一天工作幾小時呢？

_____

10. 你兄弟姊妹有幾人？

_____

11. 你的公司在幾樓？

_____

12. 你今天喝了幾瓶啤酒？

_____

13. 你只有一件襯衫嗎？

_____

14. 你一個月休息幾天呢？

_____

15. 這班有幾個男生？有幾個女生？

_____

第 12 課 T-40

単語　い形容詞
たんご　けいようし

1. 近い－遠い ちか　　とお	2. 早い－遅い はや　　おそ	3. 多い－少ない おお　　すく
4. 暖かい－涼しい あたた　　すず	5. 重い－軽い おも　　かる	6. 塩辛い、しょっぱい しおから
7. 苦い－酸っぱい にが　　す	8. 辛い－甘い から　　あま	9. 味がいい あじ

季節、天気
きせつ　てんき

1. 季節 きせつ	2. 春 はる	3. 夏 なつ	4. 秋 あき
5. 冬 ふゆ	6. 四季 しき	7. 天気 てんき	8. 雨 あめ
9. 雪 ゆき	10. 曇り くも	11. 晴れ は	12. 台風 たいふう

いろいろな言葉
ことば

1. 簡単〈な〉 かんたん	2. ホテル	3. 空港 くうこう	4. 海 うみ
5. 世界 せかい	6. パーティー	7. お祭り まつ	8. 試験 しけん
9. すきやき	10. 刺身 さしみ	11. 〈お〉すし	12. てんぷら
13. 生け花 い　ばな	14. 紅葉 こうよう	15. どちら	16. どちらも
17. ずっと	18. はじめて		

1. 近－遠	1. 快、早－慢、晚	3. 多－少
4. 溫暖－涼	5. 重－輕	6. 鹹
7. 苦－酸	8. 辣－甜	9. 味道很好

1. 季節	2. 春	3. 夏	4. 秋
5. 冬	6. 四季	7. 天氣	8. 雨
9. 雪	10. 陰天	11. 晴天	12. 颱風

1. 簡單、單純	2. 飯店	3. 機場	4. 海
5. 世界	6. 舞會	7. 節慶、慶典	8. 考試
9. 壽喜燒	10. 生魚片	11. 壽司	12. 天婦羅
13. 花道、插花	14. 紅葉	15. 哪一邊（二選一）	16. 二者都
17. ～得多	18. 第一次		

單字練習

1. (／) 雨　　　 (①あめ　②ゆき　③くもり)

2. (／) 生魚片　 (①さしみ　②おすし　③てんぷら)

3. (　　) 世界　　 (①せいかい　②せえかい　③せかい)

4. (　　) 陰天　　 (①くまり　②ぐもり　③くもり)

5. (2) 機場　　 (①くうこお　②くうこう　③くおこう)

6. (2) 天氣　　 (①てんき　②でんき　③てんきい)

7. (　　) 插花　　 (①いけはな　②いけばな　③いげばな)

8. (／) 遠的　　 (①とおい　②おそい　③おおい)

9. (3) 甜的　　 (①からい　②かるい　③あまい)

10. (／) 輕的　　 (①からい　②かるい　③あまい)

11. (／) 重的　　 (①おおい　②おもい　③おおきい)

12. (2) 涼的　　 (①あたたかい　②すずしい　③すくない)

13. (3) 夏　　　 (①はる　②ふゆ　③なつ)

14. (2) 秋　　　 (①うみ　②あき　③やま)

15. (3) 冬　　　 (①なつ　②あき　③ふゆ)

① A: ここから、駅<small>えき</small>まで遠<small>とお</small>いですか。
　　…→從這裡到車站很遠嗎？

　　B: いいえ、近<small>ちか</small>いです。
　　…→不，很近。

② 空港<small>くうこう</small>まで、どの道<small>みち</small>が速<small>はや</small>いですか。
　　…→到飛機場哪條道路比較快？

③ この前<small>まえ</small>の旅行<small>りょこう</small>は楽<small>たの</small>しかったですか。
　　…→上次的旅行很好玩嗎？（很快樂嗎？）

④ 台北<small>タイペイ</small>は台中<small>たいちゅう</small>より人<small>ひと</small>が多<small>おお</small>いですか。
　　…→台北比台中人更多嗎？

⑤ A: 海<small>うみ</small>と山<small>やま</small>と、どちらが好<small>す</small>きですか。
　　　…→海跟山比較喜歡哪一邊？

　　B: どちらも好<small>す</small>きです。
　　　…→都很喜歡。

⑥ 日本料理<small>にほんりょうり</small>の中<small>なか</small>で何<small>なに</small>が一番<small>いちばん</small>好<small>す</small>きですか。
　　…→日本料理當中最喜歡什麼呢？

⑦ 明日<small>あした</small>の天気<small>てんき</small>はどうですか。
　　…→明天的天氣怎麼樣呢？

⑧ コーヒーと紅茶<small>こうちゃ</small>と、どちらがいいですか。
　　…→咖啡跟紅茶哪個好呢？

⑨ 台湾<small>たいわん</small>でどこが一番<small>いちばん</small>おもしろいですか。
　　…→在台灣哪裡最有趣呢？

⑩ 北海道<small>ほっかいどう</small>はいつが一番<small>いちばん</small>きれいですか。
　　…→北海道何時最漂亮呢？

⑪ 高雄<small>たかお</small>までバスと電車<small>でんしゃ</small>とどちらが高<small>たか</small>いですか。
　　…→到高雄公車跟電車哪一邊比較貴呢？

⑫ 昨日<small>きのう</small>は雨<small>あめ</small>でしたか。
　　…→昨天有下雨嗎？

1. 名詞、な形的過去式

肯定→でした。

否定→じゃありませんでした。（ではありませんでした。）

例）

元気です げんき	元気じゃありません げんき
元気でした げんき	元気じゃありませんでした げんき

2. い形的過去式

肯定→ 〜かったです。

否定→ 〜くなかったです。

例）

暑い（です） あつ	暑くない（です） あつ
暑かった（です） あつ	暑くなかった（です） あつ

3. 兩者比較的句型「〜より」

王さんはリーさんより若いです。
おう　　　　　　　　　わか
　　　主題　　　　　比

想法：主要人物→王さん
　　　　　　　　　　おう

　　　王さんは………………若いです。　　（王小姐年輕。）
　　　おう　　　　　　　　わか

　　　王さんはリーさんより若いです。　　（王小姐比李小姐年輕。）
　　　おう　　　　　　　　わか

※ 即：被比的放置於主題之後

4. 兩者比較的疑問句「〜と〜と、どちらが」

意思「〜和〜和哪一邊是〜」

注意「〜と〜と、どちらが」的「と」不得改成「は」，因爲是疑問句還

不清楚主題所以無法說成「～は～とどちらが」或「～と～はどちらが～」。

例）

　　　　「コーヒーと紅茶とどちらがいいですか。」→（○）

不能說成　「コーヒーは紅茶とどちらがいいですか。」→（×）

或　　　　「コーヒーと紅茶はどちらがいいですか。」→（×）

因為在問咖啡和紅茶哪個好當中兩者皆還在比較中，並不是已成立的主題所以不可以用「は」。「どちらが」的「が」為強調。

5. 很多的比較

$$\sim 中で\begin{Bmatrix} 何 \\ どこ \\ だれ \\ いつ \end{Bmatrix}が一番\sim$$

※ 助詞「で」→表範圍、「が」表強調。

例）ジュースの中で何が一番好きですか。

（果汁當中最喜歡什麼？）

温泉でどこが一番いいですか。

（溫泉哪裡最好？）

クラスで誰が一番若いですか。

（班上誰最年輕？）

一週間でいつが一番暇ですか。

（一星期中什麼時候最有空？）

1. 到機場哪條路比較快？

_____

2. 明天天氣如何？

_____

3. 果汁和咖啡哪個好？

_____

4. 台灣哪裡最好玩？

_____

5. 高雄比台北熱嗎？

_____

6. 世界上哪一種水果最好吃？

_____

7. 昨天雨天嗎？

_____

8. 小吃當中你最喜歡吃什麼？（屋台）
　　　　　　　　　　　　　　や　たい

_____

9. 運動當中你什麼最擅長？（得意）
　　　　　　　　　　　　　とく　い

_____

10. 台灣菜和日本菜你喜歡哪一種？

_____

11. 從這裡到車站很近嗎？

_____

12. 上個月你很忙嗎？

_____

1. 社長は会議室＿＿＿＿＿＿＿います。

2. 駅＿＿＿＿＿＿中＿＿＿＿＿＿郵便局があります。

3. お手洗い＿＿＿＿＿＿どこ＿＿＿＿＿＿ありますか。

4. 隣＿＿＿＿＿＿誰＿＿＿＿＿＿いません。

5. そごうデパート＿＿＿＿＿＿上＿＿＿＿＿＿教室があります。

6. お家＿＿＿＿＿＿誰＿＿＿＿＿＿いますか。

7. 一年＿＿＿＿＿＿何回日本＿＿＿＿＿＿帰りますか。

8. この手紙は速達＿＿＿＿＿＿いくらですか。

9. 私はアメリカ＿＿＿＿＿＿2年いました。

10. 銀行＿＿＿＿＿＿どの道が速いですか。

11. スポーツ＿＿＿＿＿＿旅行＿＿＿＿＿＿どちらが好きですか。

12. てんぷらはさしみ＿＿＿＿＿＿高いですか。

13. クラス＿＿＿＿＿＿誰が一番若いですか。

14. この前の映画＿＿＿＿＿＿おもしろかったですよ。

15. りんごジュース＿＿＿＿＿＿レモンジュース＿＿＿＿＿＿どちらがいいですか。

16. 日本の中＿＿＿＿＿＿どこの温泉が一番有名ですか。

17. 日本語は英語＿＿＿＿＿＿難しいですか。

1. に→在（存在場所）

2. の→的

   に→在（存在場所）

3. は→主題

   に→在（存在場所）

4. に→在（存在場所）

   も→全面否定（誰也不在）

5. の→的

   に→在（存在場所）

6. に→在（存在場所）

   が→疑問詞

7. に→比例　へ→方向

8. で→用

9. に→在（存在場所）

10. まで→到

11. と、と→和

12. より→比

13. で→範圍

14. は→主題

15. と、と→和

16. で→範圍

17. より→比

1. だれ→誰

2. どなた→誰的客氣話

   ⇒哪一位

3. 何歳→幾歳
   なんさい

4. おいくつ→幾歳（比「何歳」客氣）
   なんさい

5. どれ→哪個（指事或物）

6. 何ですか→是什麼
   なん

7. どこ→哪裡

8. いくらですか→多少錢

9. 何階→幾樓
   なんがい

10. 何時→幾點
    なんじ

11. 何分→幾分
    なんぷん

12. 何番→幾號（號碼）
    なんばん

13. 何曜日→星期幾
    なんようび

14. いつ→什麼時候

15. 何月何日→幾月幾日
    なんがつなんにち

16. 何→什麼
    なに

17. どうして→爲什麼

18. どのくらい→大約多少、大約多久

19. どちら→哪邊、哪一方

20. 何回→幾次
    なんかい

21. 何枚→幾張
    なんまい

22. 何冊→幾本
    なんさつ

※ 何的發音

接「を、が、に」時

→何を、何が、何に
　なに　　なに　　なに

接「の、で」或「量詞」時

→何の、何で、何枚
　なん　　なん　　なんまい

1. ＿＿＿＿＿＿＿のですか。（誰的？）
　　　　誰

2. ＿＿＿＿＿＿＿の傘ですか。（哪一位的傘？）
　　　　　　かさ
　　　哪一位

3. ＿＿＿＿＿＿＿ですか。（您幾歲？）
　　　幾歲

4. あなたのかばんは＿＿＿＿＿＿＿ですか。（你的皮包是哪一個？）
　　　　　　　　　哪一個

5. それは＿＿＿＿＿＿＿ですか。（那是什麼？）
　　　　　什麼

6. 会社は＿＿＿＿＿＿＿ですか。（公司在哪裡？）
　　かいしゃ
　　　　在哪裡

7. このパンは＿＿＿＿＿＿＿ですか。（這麵包多少錢？）
　　　　　多少錢

8. 本屋は＿＿＿＿＿＿＿ですか。（書店是幾樓？）
　　ほん や
　　　　幾樓

9. 今＿＿＿＿＿＿　＿＿＿＿＿＿＿ですか。（現在幾點幾分？）
　　いま
　　　幾點　　　　　幾分

10. 電話番号は＿＿＿＿＿＿＿ですか。（電話號碼是幾號？）
　　でん わ ばんごう
　　　　　幾號

11. 今日は＿＿＿＿＿＿ですか。（今天是星期幾？）
きょう
　　　　　星期幾

12. ＿＿＿＿＿＿行きますか。（什麼時候去？）
　　　　　　　　い
　　　什麼時候

13. 今日は＿＿＿＿＿＿　＿＿＿＿＿＿ですか。（今天是幾月幾號？）
きょう
　　　　　幾月　　　　　　幾日

14. ＿＿＿＿＿＿を買いますか。（要買什麼？）
　　　　　　　　か
　　　什麼

15. ＿＿＿＿＿＿食べませんか。（爲什麼不吃？）
　　　　　　　　た
　　　爲什麼

16. 大阪までバスで＿＿＿＿＿＿かかりますか。（到大阪約多久？）
おおさか
　　　　　大約多久

17. コーヒーと紅茶と＿＿＿＿＿＿がいいですか。（咖啡和紅茶哪個好？）
こうちゃ
　　　　　哪一邊

18. 一年に＿＿＿＿＿＿旅行しますか。（一年旅行幾次？）
いちねん　　　　　りょこう
　　　幾次

19. 切手を＿＿＿＿＿＿買いますか。（要買幾張郵票？）
きって　　　　　　か
　　　幾張

20. 本を＿＿＿＿＿＿借りますか。（要租幾本書？）
ほん　　　　　　か
　　　幾本

118

1. だれ
2. どなた
3. おいくつ
4. どれ
5. なん
6. どこ（或どちら）
7. いくら
8. なんがい
9. なんじ、なんぷん
10. なんばん
11. なんようび
12. いつ
13. なんがつ、なんにち
14. なに
15. どうして
16. どのくらい
17. どちら
18. なんかい
19. なんまい
20. なんさつ

単語 動詞
たんご どうし

1. 遊びます あそ	2. 泳ぎます およ	3. 迎えます むか
4. 疲れます つか	5. 出します だ	6. 入ります はい
7. 出ます で	8. 結婚します けっこん	9. 買物します かいもの
10. 食事します しょくじ	11. 散歩します さんぽ	12. 掃除します そうじ

い形容詞、な形容詞
けいようし けいようし

1. 大変(な) たいへん	2. 欲しい ほ	3. 寂しい さび	4. 広い ひろ	5. 狭い せま

名詞
めいし

1. 市役所 しやくしょ	2. プール	3. 川 かわ	4. 経済 けいざい
5. 美術 びじゅつ	6. 釣り つ	7. スキー	8. 会議 かいぎ
9. 週末 しゅうまつ	10. 登録 とうろく	11. 興味 きょうみ	12. まあまあ

單字 「請看著以下的中文自我測驗一下」

1. 玩、遊樂	2. 游泳	3. 歡迎、迎接	4. 疲累
5. 寄信	6. 進入	7. 出	8. 結婚
9. 購物	10. 用餐	11. 散步	12. 掃除

1. 重大、嚴重	2. 想要	3. 寂寞、孤獨	4. 廣闊	5. 狹窄

1. 市政府	2. 游泳池	3. 河川	4. 經濟
5. 美術	6. 釣魚	7. 滑雪	8. 會議
9. 週末	10. 登記	11. 興趣	12. 普通

單字練習

1. (3) 經濟 　（①けいさい　②けいざい　③けんざい）

2. (1) 美術 　（①びじゅつ　②みじゅつ　③ひじゅつ）

3. (1) 週末 　（①しょうまつ　②しゅうまつ　③しゅうます）

4. (3) 狹窄 　（①ほしい　②ひろい　③せまい）

5. (2) 市政府 （①しえきしょ　②しやくじょ　③しやくしょ）

6. (1) 玩 　（①あそびます　②およぎます　③でます）

7. (2) 寄出 　（①でます　②だします　③はいります）

8. (1) 迎接 　（①むかえます　②はいります　③しょっくじします）

9. (3) 用餐 　（①しごとします　②かいものします　③しょくじ
　　　　　　　します）

10. (2) 進入 　（①つかれます　②はいります　③むかえます）

① 日本へ遊びに行きませんか。
　　にほん　あそ　　い

　…→要不要去日本玩？

② 日曜日にプールへ泳ぎに行きたいです。
　　にちようび　　　　　　およ　　い

　…→星期日，想去游泳池游泳。

③ A: 空港へ誰を迎えに行きますか。
　　　くうこう　だれ　むか　　い

　　　…→去飛機場要迎接誰？

　　B: お客さんを迎えに行きます。
　　　きゃく　　　むか　　い

　　　…→去接客戶。

④ もう疲れましたから、ちょっと休みましょう。
　　　つか　　　　　　　　　　　やす

　…→因為已經很累了，稍微休息一下吧！

⑤ いつ手紙を出しましたか。
　　　てがみ　だ

　…→何時把信寄出去的啊？

⑥ A: あの喫茶店に入りましょうか。
　　　きっさてん　はい

　　　…→要不要進去那家咖啡廳呢？

　　B: ええ、入りましょう。
　　　　　はい

　　　…→好，進去吧！

⑦ 今朝、何時に家を出ましたか。
　　けさ　なんじ　いえ　で

　…→今天早上，幾點出門的啊？

⑧ A: 何が欲しいですか。
　　　なに　ほ

　　　…→你想要什麼啊？

　　B: 何も欲しくないです。
　　　なに　ほ

　　　…→什麼都不想要。

122

⑨ どこで買い物したいですか。
　　…→想在哪裡買東西呢？

⑩ A: 誰と食事に行きますか。
　　　…→跟誰一起去吃飯呢？

　　B: 友達と行きます。
　　　…→和朋友去。

⑪ よく公園を散歩しますか。
　　…→常常到公園散步嗎？

⑫ 今日は疲れましたから、掃除したくないです。
　　…→今天已經很累了，不想打掃。

⑬ A: この前の台風はたいへんでしたね。
　　　…→先前的颱風很嚴重啊！

　　B: そうですね。
　　　…→是啊！

⑭ 日本へ何の勉強に行きたいですか。
　　…→想去日本學習什麼呢？

⑮ 大学で経済の勉強をしたいです。
　　…→想在大學學習經濟。

⑯ A: 美術に興味がありますか。（※ に→對於）
　　　…→對美術有興趣嗎？

　　B: まあまあです。
　　　…→普通。

⑰ 釣りに興味がありますか。
つ　きょうみ
　…→對釣魚有興趣嗎？

⑱ 明日台北へ会議に行きます。
あした　タイペイ　かいぎ
　…→明天要去台北開會。

⑲ もう登録しましたか。
とうろく
　…→已經登記了嗎？

⑳ A: この週末、どこかへダンスに行きませんか。
しゅうまつ　　　　　　　　　　　　　い
　　…→這個週末，要不要去哪裡跳舞？

　　B: ええ、行きましょう。
い
　　…→好啊，去吧！

㉑ お腹が空きましたね、何か食べましょうか。
なか　す　　　　　　　　なに　た
　…→肚子好餓啊！要吃點什麼嗎？

㉒ 喉が乾きましたね、何か飲みましょうか。
のど　かわ　　　　　　　　なに　の
　…→喉嚨好乾啊！要喝點什麼嗎？

㉓ 少々、お待ちください。
しょうしょう　　ま
　…→麻煩請稍等一下。

㉔ 別々にお願いします。
べつべつ　　ねが
　…→麻煩請分開算。（付錢時）

㉕ 今日、用事がありますから、早く帰りたいです。
きょう　ようじ　　　　　　　　　　はや　かえ
　…→今天因為有事，想早一點回家。

文法

1. ～が欲しい

句型「～が欲しい」的「が」爲感情的強調說明想要～東西。<只限第Ⅰ和第Ⅱ人稱>

※ 第三人稱時，必須說成～を欲しがっています（他想要～東西）

而想要做～動作不得用此句型。<可參考2）～たい>

2. 「～たい」

※ 對長輩比較不用

想要做～動作爲「～たい」的句型。動詞去掉「ます」＋「たい」。

例）食べたい。〔想吃。〕／行きたい。〔想去。〕

想 ┌ 物品→ ～が欲しい
　 └ 動作→ ～{が／を} 動詞たい

欲しい	欲しくない
欲しかった	欲しくなかった

～たい	～たくない
～たかった	～たくなかった

※ 第三人稱→～をたがっています。<第三人稱助詞一定要用「を」>

例）田中さんはラーメンを食べたがっています。〔田中先生想吃麵。〕

※ 1.和 2.的比較。

「ラーメンが欲しい。」　〔想要拉麵。〕　想要的是東西（物）

「ラーメンが食べたい。」　〔想要吃拉麵。〕　想要的是行動（想吃～）

※「～たい」的助詞用法「を」和「が」皆可

　を→比較沒那麼強烈　「カメラを買いたい」　想買照相機　→不是馬上

　が→比較強烈　　　　「ビールが飲みたい」　想喝啤酒　　→馬上想喝

3. ～に行きます

「～に行きます」的句型「に」爲目的的用法。

例）本を買いに行きます。〔去買書。〕→去的目的是「買書」

※「買います」→去掉「ます」變成「買い」爲名詞化，而「勉強に行きます」和「勉強しに行きます」兩者皆可。因爲勉強本身即是名詞。

※「本を買いに行きます」之說法，亦可＋「たい」，而說成「本を買いに行きたい」。語意上，前句爲「要去買書」而後句爲「想去買書」。

1. A：你想要買什麼？

   _____

   B：因為今天朋友生日，所以我想買蛋糕。

   _____

2. A：為什麼要去機場呢？

   _____

   B：因為要去接從日本來的客戶。

   _____

3. A：要不要去日本玩？

   _____

   B：想去啊！什麼時候呢？

   _____

4. A：你常在公園散步嗎？（助詞→「を」表「通過」「往前走」）

   _____

   B：是的，常在公園散步。

   _____

5. A：因為今天累了，什麼都不想做。

   _____

   B：是嗎？那就休息吧！

   _____

6. A：你想去日本學什麼？

   _____

   B：想去學點什麼技術。

   _____

7. A：你要和誰去用餐？

   _____

   B：和公司的同事。

   _____

8. A：去那家咖啡廳吧！

   _____

B：好啊！進去吧！

_____

9. A：你對經濟有興趣嗎？ （助詞→「に」表「對於」）

_____

B：嗯，普通。

_____

10. A：我明天要去台中開會。

_____

B：是嗎！要搭什麼去？

_____

11. A：肚子餓了吧！來吃點什麼好嗎？

_____

B：好啊！有什麼嗎？

_____

12. A：請分開算。

_____

B：好，知道了。

_____

13. A：今天因為有事我想早一點回家。

_____

B：是嗎！那就早一點回家吧！

_____

14. A：請稍等一下。

_____

B：是，有什麼事？

_____

15. A：你明天幾點要出門？

_____

B：大概 8 點左右。

_____

1. 你喜歡拉麵嗎？

_____

2. 你喜歡什麼樣的人？

_____

3. 你跳舞拿手嗎？

_____

4. 你不懂日文嗎？

_____

5. 這星期天有約嗎？

_____

6. 你不太看報紙嗎？

_____

7. 你為什麼不知道？

_____

8. 現在公司有人嗎？

_____

9. 你家附近有郵局嗎？

_____

10. 冰箱裡有什麼東西？

_____

11. 車站前有搭計程車的地方嗎？

_____

12. 你現在在哪裡？

_____

13. 你有幾位兄弟姊妹？

_____

14. 一年去旅行幾次？

_____

15. 這公司一個月放假幾天？

_____

16. 從台北搭火車到台南要花幾個小時呢？

_____

17. 從台北到機場哪條路比較快？

_____

18. 你最喜歡台灣的哪個地方？

_____

19. 咖啡和紅茶哪個好？

_____

20. 世界上你最想去哪一國？

_____

21. 你想和誰出去玩？

_____

22. 星期日你去公司做什麼？

_____

23. 你想吃什麼？

_____

（一）は

　　1. 主題　　これ<u>は</u>本です。　　　　　　　　　　　　　（第2課）

　　2. 動作主　太郎さん<u>は</u>花子さんに車をあげました。　　（第7課）

　　3. 對比　　ラーメン<u>は</u>好きですが、うどん<u>は</u>きらいです。（補充）

（二）が

　　1. 固定的用法如下，重點敘述

　　〜<u>が</u>上手、下手　　　　　　　　　　　　　　　　　（第9課）

　　〜<u>が</u>好き、きらい　　　　　　　　　　　　　　　　（第9課）

　　〜<u>が</u>あります、います　　　　　　　　　　　　　　（第9課）

　　〜<u>が</u>わかります　　　　　　　　　　　　　　　　　（第9課）

　　〜<u>が</u>欲しい　　　　　　　　　　　　　　　　　　　（第13課）

　　※ 以上若將其「が」改成「は」則大致爲「對比」句。

　　2. 疑問句　　何が、どこが　　　　　　　　　　　　　　（第12課）

　　3. 逆接（句尾）　おいしいですが、高いです。　　　　　（第8課）

　　4. 主語　　　リーさん<u>が</u>とった写真を見せてください。（補充）

（三）に

　　1. 時間　　　　2003年<u>に</u>行きます。　　　　　　　　（第4課）

　　2. 對象　　　　友達<u>に</u>貸します。　　　　　　　　　　（第7課）

　　3. 存在（居住）　家<u>に</u>います。　　　　　　　　　　（第10、11課）

　　4. 存在（物）　　机の上<u>に</u>花があります。　　　　　　（第10課）

　　5. 目的　　　　買い<u>に</u>行きます。　　　　　　　　　　（第13課）

　　6. 對於　　　　もうこちらの生活<u>に</u>慣れましたか。　　（第8課）

　　7. 目的地（進入）公園<u>に</u>入ります。　　　　　　　　　（第13課）

　　8. 比例　　　　一年<u>に</u>2回旅行します。　　　　　　　（第11課）

　　9. 副詞用法　　静か<u>に</u>書きましょう。　　　　　　　　（補充）

（四）で

    1. 搭乗　　　　電車で帰ります。　　　　　　　　　（第5課）

    2. 在～做～　　デパートで食事をします。　　　　　（第6課）

    3. 用　　　　　航空便で送ります。　　　　　　　　（第7課）

               日本語で書きます。　　　　　　　　（第7課）

    4. 範圍　　　　クラスで誰が一番若いですか。　　（第12課）

（五）と　和

               私は友達といっしょに来ました。　　（第5課）

（六）へ

    1. 往　　　　　本屋へ行きます。　　　　　　　　（第5課）

    2. 到（⇒に）　昨日、どこへ行きましたか。　　（第5課）

（七）を

    1. 把　　　　　新聞を読みます。　　　　　　　　（第6課）

               会社を休みました。（請假）　　　（第11課）

               田中さんを待ちました。　　　　　（補充）

    2. 離開點、出發點

               会社を出ます。　　　　　　　　　（第13課）

               学校を卒業します。　　　　　　　（補充）

               バスを降ります。　　　　　　　　（補充）

    3. 經過、通過、往前進

               近くを散歩します。　　　　　　　（第13課）

               橋を渡ります。　　　　　　　　　（補充）

               空を飛びます。　　　　　　　　　（補充）

（八）の　的

　　　　　これはリーさんのかばんです。　　　　　　　　（第2課）

（九）も

　　1.也　　　王さんは学生です。リーさんも学生です。（第1課）

　　2.全面否定　家に誰もいないです。　　　　　　　　　（第10課）

　　3.居然（多或貴得吃驚）

　　　　　この鉛筆500円もしますか。　　　　　　　　（補充）

　　　　　30枚もありますか。　　　　　　　　　　　　（補充）

（十）や　列舉

　　　　　冷蔵庫の中にジュースや牛乳などがあります。（第9課）

（十一）より　比

　　　　　メロンはりんごより高いです。　　　　　　　（第12課）

（十二）か

　　1.嗎?　　　この本は誰のですか。　　　　　　　　　（第2課）

　　2.或者　　　今日か、明日どっちでもいいです。　　（補充）

（十三）ね　確認、共鳴

　　　　　昨日の映画はおもしろかったですね。　　　　（第12課）

（十四）よ　告訴別人不知道的事物

　　　　　北海道はたいへん広いですよ。　　　　　　　（第5課）

※「よ」用不得體的話，會產生自信過火之感。

（十五）人和人之間互動中常用的助詞<と、に、を>

　　1.と　和～　同時進行　　友達と散歩します。　　　和朋友散步。

　　2.に　對～　一方找另一方　友達に相談します。　　找朋友商量。

　　3.を　把對方～　　　　　友達を待ちます。　　　　等待朋友。

　　　　　　　　　　　　　　友達を呼びます。　　　　叫朋友。

（十六）意思用於「在」的<u>に</u>和<u>で</u>的補充

　　①動作完成後有存留狀態　→　に

　　②動作完成後沒存留狀態　→　で

　例：

　①この<u>紙</u>に名前を<u>書いて</u>ください。
　　　<small>かみ</small>　<small>なまえ</small>　　<small>か</small>

　　※寫後紙上有名字留存著

　　この<u>机で</u>レポートを<u>書いて</u>ください。
　　　　<small>つくえ</small>　　　　　　<small>か</small>

　　※只是指定寫的場所

　②<u>車</u>を<u>車庫</u>に<u>止めて</u>ください。
　　<small>くるま</small>　<small>しゃこ</small>　<small>と</small>

　　※停後車子存留在車庫

　　<u>駅</u>の<u>前で</u>ちょっと<u>止めて</u>ください。
　　<small>えき</small>　<small>まえ</small>　　　　　<small>と</small>

　　※只是指定車子要在車站前

　　停一下之後又開走了（例如計程車）

第 1 課　（1～5）11232　　　（6～10）31213

第 2 課　（1～5）21313　　　（6～10）31121（11～12）12

第 3 課　（1～5）31121　　　（6～10）21233

第 4 課　（1～5）21232　　　（6～10）13113（11～15）12313

第 5 課　（1～5）21313　　　（6～10）33233（11～14）1122

第 6 課　（1～5）12321　　　（6～10）13233（11～15）13132

第 7 課　（1～5）32111　　　（6～10）23212

第 8 課　（1～5）21132　　　（6～10）12312（11～15）12113

第 9 課　（1～5）11213　　　（6～10）23212（11～15）12231

第 10 課　（1～5）23121　　　（6～10）22131（11～15）22312

第 11 課　（1～5）11333　　　（6～10）23323（11～15）21321

第 12 課　（1～5）11332　　　（6～10）12132（11～15）22323

第 13 課　（1～5）21233　　　（6～10）12132

1. あの方は山田先生ですか。
   かた　やまだせんせい

2. 私たちは学生です。
   わたし　　　がくせい

3. あなたは会社員ですか。
   かいしゃいん

4. りーさんはお医者さんですか。
   いしゃ

5. すみません、お名前は。
   なまえ

6. はじめまして、どうぞよろしく。

7. あの人はアメリカ人ですか。
   ひと　　　　　　じん

8. 李さんは銀行員じゃありません。
   リー　　　ぎんこういん

9. すみません、おいくつですか。

10. 先生はどなたですか。
    せんせい

1. これは誰の傘ですか。
   _{だれ　かさ}

2. それは李さんの車ですか。
   _{リー　　　　くるま}

3. これは私の手帳じゃありません。
   _{わたし　てちょう}

4. 鉛筆をください。
   _{えんぴつ}

5. これは台湾の新聞です。
   _{たいわん　しんぶん}

6. 名刺をお願いします。
   _{めいし　ねが}

7. これから、お世話になります。
   _{せわ}

8. こちらこそ、よろしく。

9. あれはあなたの携帯電話ですか。
   _{けいたいでんわ}

10. これは日本製の机ですか。
    _{にほんせい　つくえ}

1. すみません、エレベーターはどちらですか。

2. これは誰の本ですか。

3. 何の会社ですか。

4. このかばんはいくらですか。

5. このかばんは8800円です。

6. お家は台北ですか。

7. すみません、そのネクタイを見せてください。

8. この携帯電話は誰のですか。

9. デパートはどちらですか。

10. 会議室は何階ですか。

1. 今、何時ですか。
   いま なんじ

2. 今日は何曜日ですか。
   きょう なんようび

3. すみません、電話番号は何番ですか。
   でんわばんごう なんばん

4. （あなたは）何時に寝ますか。
   なんじ ね

5. （あなたは）何時に起きますか。
   なんじ お

6. 銀行は何時から何時までですか。
   ぎんこう なんじ なんじ

7. 郵便局は何時までですか。
   ゆうびんきょく なんじ

8. （あなたは）毎日働きますか。
   まいにちはたら

9. 何曜日に休みますか。（休みは何曜日ですか。）
   なんようび やす やす なんようび

10. それは大変ですね。
    たいへん

1. 明日どこへ行きますか。
   　あした　　　い

2. 明日何で会社へ行きますか。
   　あした なん　　かいしゃ　い

3. いつ帰りますか。
   　　　かえ

4. 何時に来ましたか。友達といっしょに来ましたか。
   　なんじ　き　　　　ともだち　　　　　　　　き

5. お誕生日はいつですか。
   　たんじょう び

6. 今日友達とデパートへ行きます。
   　きょう ともだち　　　　　　　　い

7. この日曜日に、東京へ帰ります。
   　　にちよう び　　とうきょう　かえ

8. バスで帰りますか。
   　　　かえ

9. 毎日誰と学校へ行きますか。
   　まいにちだれ　がっこう　　い

10. 昨日、私はどこへも行きませんでした。
    　きのう　わたし　　　　　い

1. たばこを吸いますか。

2. 毎日ニュースを見ますか。

3. お名前を書きましたか。

4. いつもどこで昼ご飯を食べますか。

5. ちょっと、テレビを見ます。

6. いっしょに写真を撮りませんか。

7. どこで日本語を勉強しますか。

8. 明日、デパートで会いましょう。

9. いっしょにビールを飲みませんか。

10. いっしょに宿題をしましょう。

1. 誰に電話をかけますか。
   だれ　でんわ

2. 何で説明書を送りますか。
   なん　せつめいしょ　おく

3. 誰に車を貸しますか。
   だれ　くるま　か

4. どこからお金を借りましたか。
   かね　か

5. 誰に日本語を習いますか。
   だれ　にほんご　なら

6. 誕生日に誰からプレゼントをもらいましたか。
   たんじょうび　だれ

7. 誰に花をあげますか。
   だれ　はな

8. これを私にくれますか。
   わたし

9. 誰に私の電話番号を教えましたか。
   だれ　わたし　でんわばんごう　おし

10. これをはさみで切りますか。ナイフで切りますか。
    き　　　　　　　　　　　　き

1. 日本語は易しいですか。
　　にほんご　やさ

2. この日曜日、忙しいですか。
　　にちようび　いそが

3. 新しい仕事はどうですか。
　　あたら　しごと

4. 難しい日本語はわかりません。
　　むずか　にほんご

5. 古い新聞はどこですか。
　　ふる　しんぶん

6. 寒い所は行きません。
　　さむ　ところ　い

7. この本は高いですか。
　　ほん　たか

8. 毎日楽しいですか。
　　まいにちたの

9. どんな車がいいですか。
　　くるま

10. あのレストランはどうですか。

11. 桜はとてもきれいですよ。
　　さくら

12. どんな所がいいですか。
　　ところ

1. 失礼ですが、お名前は。
   しつれい　　　　　なまえ

2. はじめまして、どうぞ、よろしく。

3. 失礼ですが、おいくつですか。
   しつれい

4. あれは誰の車ですか。
   　　　だれ　くるま

5. すみませんが、名刺をお願いします。
   　　　　　　めいし　　ねが

6. これから、どうぞ、よろしく。

7. こちらこそ、よろしく。

8. 今日の新聞をください。
   きょう　しんぶん

9. この携帯電話はいくらで買いましたか。
   　　けいたいでんわ　　　　か

10. 会社は台北ですか。
    かいしゃ　タイペイ

11. すみません、会議室は何階ですか。
    　　　　　かいぎしつ　なんかい

12. すみません、そのかばんを見せてください。
    　　　　　　　　　　　み

13. 日本のデパートは何時までですか。
    にほん　　　　　なんじ

14. 毎日、会社へ行きますか。
    まいにち　かいしゃ　い

15. それはたいへんですね。

16. お誕生日はいつですか。
    たんじょうび

17. バスで帰りますか、それとも、電車で帰りますか。
    　　かえ　　　　　　　　　てんしゃ　かえ

18. 昨日、どこも行きませんでした。
    きのう　　　い

19. 何時に来ましたか。
  なんじ き

20. いつも何時に帰りますか。
  なんじ かえ

21. いっしょに写真を撮りませんか。
  しゃしん と

22. どこで日本語を習いますか。
  にほんご なら

23. コーヒーはいかがですか。

24. 車を誰に貸しましたか。
  くるま だれ か

25. どこからお金を借りましたか。
  かね か

26. 誰に説明書をもらいますか。
  だれ せつめいしょ

27. 大きく書きましょう。
  おお か

28. 部屋を綺麗にしましょう。
  へや きれい

29. 辛い料理を食べますか。
  から りょうり た

30. お元気ですか。
  げんき

1. お酒が好きですか。
   さけ　す

2. どんなスポーツが好きですか。
   　　　　　　　　　す

3. 英語がわかりますか。
   えいご

4. 絵が上手ですか。
   え　じょうず

5. 私は歌が下手です。
   わたし　うた　へた

6. 細かいお金がありますか。
   こま　　　かね

7. 私はフランス語が全然わかりません。
   わたし　　　　　ご　ぜんぜん

8. あなたは毎日新聞を読みますか。
   　　　　　まいにちしんぶん　よ

9. 毎朝時間がありませんから、新聞を読みません。
   まいあさじかん　　　　　　　　しんぶん　よ

10. 昨日、どうして早く帰りましたか。
    きのう　　　　　はや　かえ

11. 今日用事がありますから、早く帰ります。
    きょうようじ　　　　　　　　はや　かえ

12. 来週金曜日の晩、友達と約束があります。
    らいしゅうきんようび　ばん　ともだち　やくそく

13. 私は日本語が少しわかります。
    わたし　にほんご　すこ

14. 最近忙しいですから、どこへも行きません。
    さいきんいそが　　　　　　　　　　　い

15. 車がありますか。
    くるま

16. タイ料理が好きですか。
    　　りょうり　す

17. 旅行が好きですか。
    りょこう　す

18. ビールは好きじゃありません。
    　　　　す

19. 私は映画が好きですが、あまり見ません。時間がありませんから。
    わたし　えいが　す　　　　　　　　み　　　　じかん

20. これは何の本ですか。
    　　　なに　ほん

21. 古い新聞がありますか。
    ふる　しんぶん

22. 静かな所が好きです。
    しず　ところ　す

145

1. あの箱の中に何がありますか。
   はこ　なか　なに

2. 社長はどこにいますか。
   しゃちょう

3. 駅の前に銀行がありますか。
   えき　まえ　ぎんこう

4. この近くに郵便局がありますか。
   ちか　　　ゆうびんきょく

5. おうちの近くに公園がありますか。
   ちか　　こうえん

6. 喫茶店の隣はどんな店ですか。
   きっさてん　となり　　　　みせ

7. 冷蔵庫の上に何がありますか。
   れいぞうこ　うえ　なに

8. テレビの上の写真は誰ですか。
   しゃしん　だれ

9. タクシーの乗り場はどこですか。
   の　ば

10. 駅にいろいろな人がいます。
    えき　　　　　　　ひと

11. 本屋はどこですか。
    ほんや

12. 事務所の下は薬屋です。
    じむしょ　した　くすりや

13. 冷蔵庫の中に何もありません。
    れいぞうこ　なか　なに

14. うちの隣においしいパン屋があります。
    となり　　　　　　　　や

15. このクラスは何人いますか。
    なんにん

16. 花屋は銀行とスーパーの間にあります。
    はなや　ぎんこう　　　　　　あいだ

1. もうどのくらい日本語を勉強しましたか。
　　　　　　　　　にほん　ご　　　べんきょう

2. ご家族は何人ですか。
　　　か ぞく　なんにん

3. お家に猫がいますか。
　　うち　ねこ

4. この中に教室がいくつありますか。
　　　　なか　きょうしつ

5. 年に何回旅行をしますか。
　　ねん　なんかいりょこう

6. 日本までエアメールで何日かかりますか。
　　にほん　　　　　　　　　　　なんにち

7. 台北から、台南まで電車でどのくらいかかりますか。
　　タイペイ　　　　たいなん　　　でんしゃ

8. お家にコンピューターが何台ありますか。
　　うち　　　　　　　　　　　なんだい

9. 毎日何時間ぐらい働きますか。
　　まいにちなん じ かん　　　　はたら

10. ご兄弟は何人ですか。
　　きょうだい　なんにん

11. 会社は何階ですか。
　　かいしゃ　なんがい

12. 今日はビールを何本飲みましたか。
　　きょう　　　　　　なんぼん の

13. シャツは一枚だけありますか。
　　　　　　いちまい

14. 一ヶ月に何日休みますか。
　　いっ か げつ　なんにちやす

15. このクラスは男の子が何人いますか。女の子が何人いますか。
　　　　　　　　おとこ　こ　なんにん　　　　おんな　こ　なんにん

1. 空港までどの道が早いですか。
   くうこう　　　　　みち　はや

2. 明日の天気はどうですか。
   あした　てんき

3. ジュースとコーヒーとどちらがいいですか。

4. 台湾でどこが一番おもしろいですか。
   たいわん　　　　いちばん

5. 高雄は台北より暑いですか。
   たかお　タイペイ　　あつ

6. 世界でどんな果物が一番おいしいですか。
   せかい　　　　　くだもの　いちばん

7. 昨日は雨でしたか。
   きのう　あめ

8. 屋台の中で何が一番好きですか。
   やたい　なか　なに　いちばんす

9. スポーツの中で何が一番得意ですか。
   なか　なに　いちばんとくい

10. 台湾料理と日本料理とどちらが好きですか。
    たいわんりょうり　にほんりょうり　　　　　　す

11. ここから駅まで近いですか。
    えき　ちか

12. 先月は忙しかったですか。
    せんげつ　いそが

1. A: 何が欲しいですか。
   なに　ほ

   B: 今日は友達の誕生日ですから、ケーキを買いたいです。
   きょう　ともだち　たんじょうび　　　　　　　　　　か

2. A: どうして空港へ行きますか。
   くうこう　い

   B: 日本からのお客さんを迎えに行きますから。
   にほん　　　　　きゃく　　むか　い

3. A: 日本へ遊びに行きませんか。
   にほん　あそ　い

   B: 行きたいですね、いつですか。
   い

4. A: よく公園を散歩しますか。
   こうえん　さんぽ

   B: はい、よくします。

5. A: 今日は疲れましたから、何もしたくないです。
   きょう　つか　　　　　　　なに

   B: そうですか、じゃ、休みましょう。
   やす

6. A: 日本へ何を習いに行きたいですか。
   にほん　なに　なら　い

   B: 何か技術を習いに行きたいです。
   なに　ぎじゅつ　なら　い

7. A: 誰と食事に行きますか。
   だれ　しょくじ　い

   B: 会社の同僚と行きます。
   かいしゃ　どうりょう　い

8. A: あの喫茶店に入りましょう。
   きっさてん　はい

   B: ええ、入りましょう。
   はい

9. A: 経済に興味がありますか。
   けいざい　きょうみ

   B: ええ、まあまあです。

10. A: 私は明日台中へ会議に行きます。

B: そうですか、何で行きますか。

11. A: お腹が空きましたね。何か食べませんか。

B: いいですね、何がありますか。

12. A: 別々にお願いします。

B: はい、わかりました。

13. A: 今日はちょっと用事がありますから、早くうちへ帰りたいです。

B: そうですか。じゃ、早く帰りましょう。

14. A: ちょっと待ってください。

B: はい、何かご用ですか。

15. A: 明日何時に出かけますか。

B: だいたい8時頃です。

1. ラーメンが好きですか。

2. どんな人が好きですか。

3. ダンスが上手ですか。

4. 日本語がわかりませんか。

5. この日曜日に約束がありますか。

6. あまり新聞を読みませんか。

7. どうしてわかりませんか。

8. 今、会社に誰がいますか。

9. お家の近くに郵便局がありますか。

10. 冷蔵庫に何がありますか。

11. 駅の前にタクシー乗り場がありますか。

12. 今、どこですか。

13. ご兄弟は何人ですか。

14. 年に何回旅行しますか。

15. この会社、月に何日の休みがありますか。

16. 台北から、台南まで、電車で何時間かかりますか。

17. 台北から、空港まで、どの道が早いですか。

18. 台湾のどこが一番好きですか。

19. コーヒーと紅茶と、どちらがいいですか。

20. 世界でどの国へ一番行きたいですか。

21. 誰と遊びに行きたいですか。

22. 日曜日に会社へ何をしに行きますか。

23. 何を食べたいですか。

【著者紹介】

林昱秀

學歷： 日本國立筑波大學研究生　　地域研究 • 日本語教師養成
　　　 日本國立奈良教育大學學士　　小學課程 • 國語科
　　　 日本東京青山日本語學校　　　教師養成講座
　　　 日本大阪 YMCA 日本語學校　　教師養成講座
經歷： 日本國立奈良教育大學　　　　附屬小學實習生
　　　 日本大阪 YMCA 堂島校　　　　中國語教師
　　　 日本奈良 YMCA　　　　　　　中國語教師
　　　 台北 YMCA 城中部　　　　　　日本語教師
　　　 台北私立靜心小學　　　　　　日本語教師 (社團)
　　　 永漢日本語教室　　　　　　　專任教師
　　　　　　　　　　　　　　　　　留學部教務主任
　　　　　　　　　　　　　　　　　教師研修講師

文法超簡單 I　　　　　　　　　　　　　　　　（附 CD1 片）

2017 年（民 106）3 月 1 日 第 2 版 第 1 刷 發行

定價 新台幣：360 元整

編　著　　林昱秀
發 行 人　　林駿煌
發 行 所　　大新書局
地　　址　　台北市大安區（106）瑞安街 256 巷 16 號
電　　話　　（02）2707-3232・2707-3838・2755-2468
傳　　真　　（02）2701-1633・郵政劃撥：00173901
法律顧問　　中新法律事務所　田俊賢律師

香港地區　　香港聯合書刊物流有限公司
地　　址　　香港新界大埔汀麗路 36 號 中華商務印刷大廈 3 字樓
電　　話　　（852）2150-2100
傳　　真　　（852）2810-4201